柳川一

中山民俗学探偵譚

東京創元社◎ミステリ・フロンティア

目次

オシラサマ 7
外法頭《げほうがしら》 47
百物語 89
秘　薬 129
生人形《いきにんぎょう》 173
忘れない熊楠《くまぐす》 213

中山民俗学探偵譚

柳田国男《やなぎたくにお》の聞き書き『故郷七十年』は、昭和三十三（一九五八）年に神戸新聞に連載され、翌年に単行本として刊行されている。

その約十年前、下野《しもつけ》新聞記者の私も、民俗学者の中山太郎《なかやまたろう》から様々な話を聞いていたのだが、これは新聞記事とはならなかった。最初から、それは無理らしいと感じたのは、先輩記者の丘彦《おかひこ》二郎《じろう》の言葉があったからだ。

「本田《ほんだ》君、いいかね、とても新聞記事にはできないんだよ。あたしも少しは話を聞いたんだが、なんと言うか、とんでもない内容ばかりでね」

それでも私は、栃木県足利《あしかが》郡の村に住む彼の元に、週に一度ずつ通うこととなった。記事にできなくとも、私にはその話を別の形で発表したい願いがあったのである。

中山太郎の家に通う回数は、思いのほか多くなった。それは、彼の話がよく脱線し、本題とずれてあちこちに迷い込むからなのだ。もっとも、それらの派生した事柄が、時には本題以上の興味を掻き立て、自分自身も迷い込んだまま、その日が終わる折さえあったわけなのだが。

今思い返しても、中山太郎の話は、珍談奇談、呆れ返るようなものばかりだった。先輩から記事にはできないという言葉を聞かされた時、まさかそこまではと、少しは疑う気持ちも正直あった。ところが話が始まってみると、実に耳を疑うとの表現はきっとあんなことを指すのだろう。

オシラサマ

陸中国を中心として、陸前と陸奥と羽後の各一部にかけ、イタコと称する巫女の持っているオシラ神なるものは、我が民俗学界における久しい宿題であって、今に定説を見るに至らぬほどの難問なのである。

——中山太郎『日本巫女史《ふじょし》』

1

——ありがとうございます、中山先生。下野新聞の記者というより、私の個人的な申し出を受けていただいて。

(あのね、本田君、その先生はやめなさい。どうもぼくァ、先生と呼ばれると話がしづらくて)

——はい、そうでした、下野新聞の丘先輩も言っていたんです、先生と呼ばないようにしろって。ですけど、丘先輩は、酒が入るとよく話すんですよ、日本民俗学の第一人者は、断固中山太郎である、なんて。

(丘彦二郎は変わっていないな。彦ちゃんは子供の時から、なんの根拠もないのに自信たっぷりに断定するのが好きでねえ。途方もない、どうしてぼくが第一人者なのかね。戦争は昨年の敗戦

で終わったのに、こうやって疎開で郷里に戻ったまま、ただサツマイモを作り続けているだけなんだよ）

――はあ、でも、中山センセ、いえ、中山さんがこちらにおられるお陰で、このように、貴重なお話を伺える機会を得られたわけです。本当に、もう胸がわくわくしてます。

（やはり、彦ちゃんの口添えがあっては、断るのは無理というもんだ。それでもだね、本田君、彦ちゃんから聞いてると思うけど、これからの色々な話は、ぼくが生きている間は、公表してもらっては困るんだよ。少なくとも今回の話は、柳田国男先生がご存命の間は発表を控えてほしい。なぜそうなのかは聞いてもらえば分かるだろうが、絶対に守って欲しいのだがね）

――誓います。丘先輩から少しだけ聞きました。民俗学、あるいは民俗学者に関しての、唖然とするような奇談をいくつもお持ちだと。

（どうも彦ちゃんは、ぼくを買いかぶるねえ。しかし本田君、ぼくの話を聞いても、それを公《おおやけ》にできるのはいつになるのか分からないんだよ。で、発表するとしたら、どんな形にするつもりなのかね）

――はい、正直に言います。創作という形をとりたいと思っているんです。小説、その中でも私が目指しているのは、探偵小説でして。あれ中山さん、急にどうされましたか？　そんなに、なんだか面白そうに。

（いや、すまんすまん。いきなり、探偵小説という言葉が出てきたものだから。そうか、探偵ねえ。実はその言葉に関しちゃ、ちょっと説明したいこともあるんだが、ま、それは次回にしよう。

今回はそれに時間をとれないんだよ。なにしろ、柳田国男先生に関する話なのだ。ほら、正真正銘、民俗学の第一人者じゃないか。ぼくの師匠でもあるわけで。こっちは破門されちゃいるけどね）

――破門？　冗談ですよね。最初からそんな、いや、話が混乱するとまずいので、脇道にそれるのはやめます。丘先輩から言われてました、中山さんは話がよく脱線するので、くれぐれも注意するようにと。

（そうだね、ぼくも気をつけなくちゃ）

――それで、今回の話は、あまり世に知られていない逸話なのですね。

（あまりじゃなくて、ぼく以外、誰も知っちゃいないよ。こんなことが公表されたら、動揺する民俗学徒も少なくはないだろう。それと、柳田先生だけでなく、あの種田《たねだ》山頭火《さんとうか》も登場する。青森へ向かう同じ列車に、柳田先生と山頭火が偶然乗り合わせたんだ。ぼくァ、山頭火からこれを聞かせてもらった）

――山頭火ですか、漂泊の俳人と呼ばれていたんですよね。いくつかその俳句を目にした覚えはあるんですが、でも山頭火のものは、どうも私には俳句とは思えないんですけど。あれは、自由律俳句と呼べばいいんですか。それにしても、中山さんが山頭火とお知り合いだったとは。

（そうか、彦ちゃんは話してなかったか。ぼくァ、民俗学の道に進む前は、俳句の研究に打ち込んでいてね。俳句に関する論文が、かなりの数残っているよ。なぜか山頭火とは、最初に会ったその日に、肝胆相照《かんたんあいて》らすといった仲になったんだ。同類だったんだろうねえ、山頭火とぼくは

……。ああ懐かしい)

――太平洋戦争に入る前に、山頭火は世を去っていますよね。

(昭和十五年の十月だった。本田君、ぼくァ、君がこの話をもとに創作をするというのなら、山頭火の俳句の良さを味わえるようになっていて欲しいよ。そうとも、その味わいが少しでも心に沁みてくるのでなきゃ、探偵小説のことは分からないけど、山頭火の存在が浮いたものになるのじゃないかねえ)

――はい、彼の俳句に取り組んでみます。それは今後の私の宿題として、話を戻しますと、柳田先生と山頭火が、列車の中で一緒になるわけですよね。民俗学者と俳人で、いったいどんな風に会話が始まったのでしょうか。うまくかみ合うのかどうか、心配になりますが。

(それがねえ、いいかい本田君、ここが面白いんだ。柳田先生は、相手が山頭火だとは知らなかった。そして山頭火も、自分の話している相手が、高名な柳田国男先生とは分からなかったんだ。珍妙じゃないか)

――じゃあ二人とも、相手を全くの見ず知らずの人として、つまり旅の行きずりの人として会話をしたんですね。

(山頭火は、そんな事情を知らないままに、遠く旅立ってしまったんだねえ。ぼくァ、彼から話を聞かされ、そりゃあ勿論、相手が柳田先生とすぐ分かったよ。けれど、あまりの内容に動転して、その時それを山頭火に話せなかった。今思うと、別の機会に彼に知らせるべきだったかもしれない。だが、そうしなかった。これまで、誰にも打ち明けてはいないんだ)

――そうなのですか、どうも、中山さんの立場を考慮する必要のある、微妙な問題を含んでいるような感じがしてきました。そうか、創作の際は、中山さんには全く触れず、新聞記者が柳田先生にインタビューする場面から始めるのがいいかもしれませんね。いや、インタビューの前に、柳田先生の本の一節を入れて、か。

2

尋ねてみると今夜はもうこれで三度、不意に隣の書斎で鈴の音がするので、急いでお婆様の室《へや》へ遁《に》げ出したと言っている。

――柳田国男「オシラ神の話」

どうしようもないわたしが歩いている

種田山頭火

「柳田先生、本当に貴重なお話の数々、ありがとうございました。新聞には『故郷七十年』と題して連載中ですが、それはもう、実に好評でして。

それにしましても、このような先生の回顧談は、もっと早い時期に企画すべきであったと、実は悔やんでおります。日本民俗学樹立の功により文化勲章を受章された時、あるいは毎日出版文化賞やNHK放送文化賞などの受賞を機に、これまでに何度も企画すべき折がありましたのに」

「いや、賞を受けるということに、さして意味があるとも思えんがね。それより昨年、君に話を始める前に、民俗学研究所を解散し、蔵書を大学に寄託した。それが、懐古の心情を呼び覚ましたんじゃないだろうか。『故郷七十年』か……、わたしにとってはこれが、相応《ふさわ》しい時期だったよ。昨年の十二月からこれまで週二回ずつ、もう桜の満開もほど近い。あれやこれやと、我ながらよく語ったものだ。

ただ、一つだけ——、正直に言えば、いまだ胸につかえているものがあってね。それを、君に話したほうがいいものなのかどうか、実は今も迷っているのだ」

「え、迷っておられる？　それは、つまりその、どなたかに迷惑が及ぶかもしれないといった、そのようなご懸念からなのでしょうか」

「そうではない。これは全くの、わたしの気持ちのみの問題でね。これまで誰にも話したためしはない。いや、話そうと思ったことは何度もあったのだ。打ち明けてしまえば、どれほど気持ちが楽になるだろうか。それは分かっているのに、わたしは出来なかった。民俗学者としての体面をやはり保ちたかった、そう弁明するのも情けないのだが。思えば、矮小で陽炎《かげろう》のごとくはかないものなのに、そんな体面などは。

ああ、考えてみれば、今君に話さないのなら、あるいは口を噤《つぐ》んだまま、死を迎えることになってしまうかもしれない。それは避けるべきだろう。どうだろう、聞いてもらえるかね、わたしの懺悔《ざんげ》とも呼べるものなのだが」

「先生、そんな、懺悔なんて……」

「今こうして、心を静めて思い返してみれば、そう言いたくもなるのだよ。わたしは自分の著作の中で、誤魔化しと責められても仕方のない書き方をしてしまったのだから。

ただ、わずかな気休めだが、その誤魔化しの部分は、論旨とは特に関わりのない、わたしの家族についての挿話だったという点だ。だがそれでも、あのような書き方をすべきではなかった。学究の徒として、恥ずかしい。どうして、あんな記述をしてしまったものか。

体面……、確かにそれもあるのだが、わたしはあの時、あからさまに言えば、恐怖という感情をぬぐうことが出来なかった。実はね君、それは今も変わってはいない。まったく、戯言《たわごと》に聞こえるかもしれんが、あの時の記述は、自分の胸の内の恐怖を読者から隠そうとした、そうとも言えるのだろう」

「信じがたいのですが、先生が恐怖を抱《いだ》かれたのですか？　しかし、まさか、先生や先生のご家族に、危害を及ぼそうとする人物や団体というような話じゃありませんよね」

「相手が人間なら、対処の仕方も種々あるのだろうが……。莫迦《ばか》なことをと正気を疑われてしまうかもしれない。それを充分承知で今話しているのは、いいかね、簡単に言えば人形のことなのだ」

「え？　人形？　その、つまり人形が、恐ろしいということなのですか？」

「なんと現実離れのした話かと呆れられても、確かに一言もない。まったく奇妙奇天烈《きてれつ》な、白昼夢のごとき話でね。君は、オシラサマというものを知っているだろうか。オシラ仏とも、オシラ神とも呼ぶのだが」

「はい、先生の『遠野物語』は何度も拝読しましたから。あの地方の旧家で祀《まつ》っている神だと承知していますが。確か、桑の木に顔を描き、衣装は、ただの四角い布でしたね。その布の真ん中に穴をあけて、そこへ桑の木の顔の部分を通して着せる——、そのような説明があったと記憶しています。

実物ではなくて、その写真なら、何度か目にいたしました。見た感じは、指人形のような、あるいは照る照る坊主にも似た……。ええ、そうでした、照る照る坊主と思ったのは、顔だけで手足がなかったからで。先生、それでよろしいのですね」

「『遠野物語』を書いた当時、オシラサマに関するわたしの知識は貧弱なものだった。あれから、折にふれ知見を広めようと努め、またその都度、新たな見解を発表してきた。

しかし依然、不可解な部分は残ったままだ。いや、根本のところが謎というべきだろうね。出来るものなら、その謎が解き明かされる日まで、永らえたいと願っているんだよ。だが、それはとうてい無理というものだろう。

オシラサマの衣装と言ったね。名称は、オセンダクだ。毎年新しい物を上へ上へと重ね着させるから、中は一本の木であっても、たいていは丸々とした姿になっている。それと、頭を出すのではなく、頭からすっぽりと包んでしまう形もあってね。姿としてはそんなところだが、君は、オシラサマの崇《たた》りの激しさについて、話を聞くなり、文章を目にしたことなどはないかね」

「そのような文章を読んだ記憶はありますが、でもそれは、尾ひれのついた面白半分のものだと思っていました。あの雛人形みたいなオシラサマが崇りだなんて、いくらなんでも、先生、それは全くそぐわない気がしますが」

「いや、事実、祟りで難儀をした話は、色々と伝わっているよ。オシラサマは肉食を嫌うのだが、祀っている家の者が肉を食べて、口を曲げられたという話。また、一年に一度は背に負うて旅に出なければならぬと信じている地方もあり、そのような家では、もしそれを怠った場合、家族の誰かが心に変調をきたすようになるそうだ。

そんなことに耐えかねてオシラサマを川に流したら、逆流して戻ってきた実例も、いくつかあると聞いた」

「それは――、しかし、ちょっと言葉通りには受け取れない、面妖な話ではありませんか。それを、先生が信じておられたとは」

「いいかね、あの時、信じているくらいなら、わたしは、そのような家族に累を及ぼすかもしれないオシラサマを、東北の地から東京の我が家に迎えはしなかった。ああ、手元で祀るなどという真似はしなかったのだ」

「先生、では、先生のご自宅に、オシラサマを?」

「迎えたのは、大正から昭和へと改元された頃だった。わたしは、オシラサマ探究のために、そうするのが有意義であろうと思ったのだ。

祟りの件は聞いていたのだがね。それでも、そのような奇談は、君の言うようによく誇張されて伝わるものだ。仮に、怪しげな出来事の目撃情報が実際あったのだとしても、それは昔からオシラサマと結びついているその土地ゆえの現象なのであろう、わたしはそう考えた。昭和となったこの東京の地で、不可解な異変など起こるわけがない、と――。

ところが、そうではなかったのだ。こんなことを、君が信じられるかどうか。とにかく、聞いてもらおう、昭和も東京も、オシラサマには関係なかったという話を。そうなのだよ、まさか我が家に怪異など起こるはずはないとのわたしの考えは、間違っていた」

3

ついてくる犬よおまえも宿なしか　　種田山頭火

柳田国男と種田山頭火は、生涯に一度だけ、青森方面へ向かう汽車の中で、座席に向かい合わせに坐った。まったくの偶然である。互いに見知らぬ人物として。

明治大正の高級官僚であり、民俗学確立を主導した柳田と、乞食《こじき》とさえ呼ばれるような身過ぎを続けた山頭火。栄光と悲惨――、二人はその両極端に位置していたと、評していいのかもしれない。極端なのは本人に関することだけではなかった。柳田の美しい妻の父親は、大審院判事。また、柳田は兄弟に、医学博士の貴族院議員や、東京美術学校教授である日本画の巨匠を持つ。これ

山頭火の父親は事業に失敗して行方不明となり、路頭に迷った弟は、山中で命を絶った。これでは山頭火も、死にたくもなるだろう。

このような二人なのだが、一つだけ共通点がある。それは——旅。二人とも尋常ではない旅人だった。旅から旅への日々の中で、柳田はいくつもの紀行文を綴り、山頭火は、自由律俳句を生み続けた。ただ山頭火に、明日を心配しなくていいだけの旅の資金が、普通にあるわけがない。柳田は、宿であんまに腰を揉ませながら、その町の話を聞くのが楽しみだったようだが、山頭火にとって、そんなことは夢のまた夢。自らを乞食坊主と呼ぶこの男の旅は、放浪流転そのものであり、野垂れ死にをしても少しも不思議ではない旅だったのだ。

＊

「それで先生、その先生のご自宅のオシラサマが、祟りとも言えるような何かを、引き起こしたのですか」

「いや、祟りと呼ぶには値しないのだ。そうではない。それでも、怪異であるのは間違いないのだがね。どうもこんな言い方では混乱させてしまう。ああ、発端から説明したほうがいいだろう。家に迎えたオシラサマにどんな謂《いわ》れがあったのか、それをまず、承知しておいて欲しいのだよ。

問題のオシラサマは、青森在住の民俗学の同志が、色々と世話を焼いてくれて、うちに勧請《かんじょう》することになったのだがね。もとは青森市の信心深い家に祀られていた。その家にはいくつもオシラサマが同居しているのだが、中の一つが、東京へ行ってもいいと、お告げを下したそうだ。

このオシラサマには、以前から不思議な出来事が生じていたという。新しい白のオセンダクを着せた時、翌朝見てみると、端の方が汚れている。その訳を伺うと、お産のあった家を見舞ってきたから――などと、突拍子もないことを告げたそうだ」

「それは、こう言っては何ですが、あまりに薄気味悪い話ではありませんか、先生。よりによって、なにも、そのようなオシラサマをご自宅に迎えなくても」

「そんな摩訶不思議なことが実際に起こったなどとは、わたしにはどうしても信じられなかったよ。そうじゃないかね。いくらなんでも、お産の見舞い、などということが。話としては、実に奇抜で面白い。わたしは、東京に住む民俗学の同志に、オシラサマというものに対して興味を持ってもらおうと思った。自宅に祀ろうと考えたのもそのためだ。オシラサマを見せて説明する際に、そんな奇譚が加わっていれば、誰もが関心を持たざるを得ないだろう。安易にそう判断してしまった。思い返してみれば、なんと迂闊《うかつ》だったか。

　今では、当時はとても信じられなかった、お産の家を見舞ったという件も、絵空事ではなく事実ではなかったのかと、そんな気にさえなっている」

「それで、先生のご自宅でも、異変があったのですね」

「そうなのだ、家族に危害が及ぶといったことではないのだが。そうだ一つ、一つだけ、祟りといった言葉が頭をよぎった事件があった。これは、わたしの家族が関わっているわけではない。事件という表現も相応しくないのだろうが、一応、話しておこう」

「はい、祟りという言葉だなんて、気になります」

「うちのオシラサマも、何枚もオセンダクを重ねて着て丸々としていたが、わたしは、その衣装をまくって、中のお姿を拝もうとは決してしなかった。オシラサマの尊厳を傷つけるような気がしたし、それに、なにがなし、そんな真似をするのは、空恐ろしいといった思いもあったからね。ところが、ロシアのステルンベルグ博士が太平洋学術会議の後にわたしの所に訪ねてきて、どうしてもオシラサマの内部を知りたいと言って、わたしの目の前で、衣装を開いて中を覗いたのだ。胸騒ぎというのかな、そんな思いがしたのを覚えているよ。しかし、その時は博士に何も変事は起こらなかった。

そのまま胸騒ぎが消えてくれたなら、どれほどよかったか。だがね、あろうことか、博士の帰国後、わたしはその訃報を伝えられたのだ」

「オシラサマの中を覗いた博士が、それからほどなくして死亡……。どうにも、気味の悪い話ですね。いや、しかし先生、それは、オシラサマとは関係のない、まったくの偶然と考えた方がよろしいのでは。オシラサマを実見してもいない私がそう言うのは、浅知恵かもしれませんが」

「勿論、一度でも博士の死とオシラサマをつなげた自分自身を、嘲笑したい気持ちだったよ。だが、馬鹿馬鹿しいそんな考えが、いまだに消え失せてはいない。愚かしいとは重々承知していてもね。いや、この博士の件は、言わずもがな、だったかもしれないな。君、聞き流してくれたまえ」

「は、はあ、ですが先生、いまだに消えてはいない、となると……」

「それを突き詰めると、迷路に入り込むばかりだ。それより、本題の家族の話に移ろう。オシラサマをうちに迎えてその謂れなどを話した時、子供の一人は、肉を食べても大丈夫なのかと心配したよ。

子供らにとっては、面白そうだと思う反面、気味の悪さも感じたのだろうね。怖がることは何もないと言ったのだが、ほどなく変事は起こった。

ある晩、外出から戻った時のことだ。家のすぐそばまで来ると、響いていた娘のピアノの音が突然やんでね。ちょっと面喰いながら家の中に入ると、どうも様子がおかしい。聞いてみると、誰もいないはずのわたしの書斎で、置いてあるオシラサマの鈴が、ひとりでに鳴るというのだよ。今のが、もう三度目だと。それで驚いた娘が、ピアノを弾く手を止めたのだ」

「鈴が、ひとりでに……。その鈴は、先生のお宅で、お付けになったものなのですか?」

「いやいや、清い音のする鈴の緒を首につけて、青森からはるばるやって来たのだ。その鈴の音を、初めは家内中愛《め》でていたのだが」

「一回だけなら、空耳というか、何か別の音をそう感じてしまったということもありそうですけど。やはり気味が悪いですね、三度続けてなんて」

「しかも、変事はそれだけではなかった。確か、それから一週間ほど過ぎた頃だったと思う。今度は、鈴の音が台所でしたそうだ。間違いなく台所で、そう言うのだよ。わたしはこの時も外出していて、家族の者から聞かされたのだがね。

そりゃあ憶測をしてみれば、鈴をつけたよその猫が忍び込んだということも、まったくないとは言えないだろう。家族の話では、猫の足跡は見つからなかったし、オシラサマは何の乱れもなく、書斎の中の同じ位置にあったと言うのだが。とにかく、子供らはすっかり怯《おび》えてしまった。

正直に言わなければいけないね。怯えたのは、子供らだけではない。大人たちも、何かただならぬものを感じ始めていた。ああ、わたしも含めて」

「ええ、そんな状態では、子供でなくても神経が参ってしまいそうです。先生、民俗学という学問のためではあっても、そのままでは、ご家族の方々のお気持ちが……」

「そうなのだ、そこなのだよ、わたしが悩んだのは。悩んだ末、決断したのだよ。やはり子供のことを思えば、そうせざるを得なかった。そこで、自分の著作の中の、誤魔化しの話となるのだがね」

「誤魔化し、なのですか?」

「昭和三年に発表した『オシラ神の話』の中に、こういう箇所がある。


私の家のオシラ様は、勧請したのが一昨年の十一月、形ばかりの御祭をやっと二度、いわゆるオセンダクを新たに調えて、着せ申したのも二度だけであるが……


特に気になる点もなく、読み過ごすのも当然だと思うが、どうだろうか。そうして欲しいと願って、こう綴ったのだ。青森から迎えたオシラサマをそのまま留めて、二回の御祭をしたように読めると思う。

だがね、それは誤魔化しなのだよ。わたしは、問題のオシラサマを、そのままにはできなかった」

4

なかなか死ねない彼岸花さく　種田山頭火

やはり山頭火には、漂泊こそが相応しいのか。

疲れ果てて妻とも別れた山頭火は、熊本で出家得度した。そして、山林の中に侘しくうずくまっているような、味取《みとり》観音堂の堂守となるのだが、その翌年には、観音堂を捨てて放浪の旅へ出る。

まさに一所不住を地で行く、いつ果てるのかまるで当てのない漂泊。その末に郷里にも近い山口県小郡《おごおり》の其中庵《ごちゆうあん》の庵主となった時には、山頭火自身、もうこれが終《つい》の棲家《すみか》になるだろうと、一時は思い定めたらしい。

この其中庵を中山太郎が訪れ、二人は忽《たちま》ち、意気投合する。周りの人間も皆、さすがの山頭火もこの庵で落ち着くはずと思っただろう。ところがあろうことか、ここで自殺を図るも死にきれず、死に場所を求めてまたも旅へ出ることになろうとは。

そんなあきれ果てた、常軌を逸した漂泊の俳人ではあったが、俳諧の仲間たちは彼を見捨てず、道後温泉へも歩いて行ける山裾に庵を用意してくれた。その名を、一草庵。温泉好きの山頭火がどれほどありがたく感じたことか。一度、一日だけだったが、中山太郎も顔を見せた。ここが山頭火の終焉の地となるのだ。

　松山は正岡子規《まさおかしき》の生誕の地でもあり、俳諧の仲間も多い。当然、この一草庵が句会の場所となった。もっとも、仲間たちが句案に頭をひねっている時に、酒の入った庵主は、横になり鼾《いびき》をかいていることも珍しくなかったという。

＊

「では先生、先生のお宅でオセンダクを着せたというのは、例の怪しい鈴の音をさせたオシラサマではないのですね。わざわざ、先生ご自身が青森まで持って行かれて、そこで取り換えて持って帰られた別のオシラサマに、オセンダクを」

「子供らの心を守るためには、そうするしかなかったのだ。あのような奇怪なオシラサマを、家の中に置いておくわけにはいかない。そうじゃないかね。

　ただ、わたしは、別のオシラサマと交換したという事実を、隠蔽した。家族に対してさえ、隠したのだよ」

「え？　ご家族にもなのですか？」

「別のオシラサマと取り換えに行くとは話さなかった。奇妙な振る舞いをやめてもらう手立てがあるので、オシラサマと共に青森まで行ってくると説明してね。青森にはイタコという巫女《みこ》がいて、そのイタコの呪《まじな》いでオシラサマにおとなしくなってもらうのだ、と。勿論それは口実で、わたしの頭の中にあったのは、無害なオシラサマと交換する方法のみだった。

　問題のオシラサマは、頭からすっぽりとオセンダクをかぶせる包頭形のものだったから、別のオシラサマと換えても気づかれにくいわけだ。とにかくわたしは、内実が明らかになってしまうのを恐れた。同志の間にオシラサマというものを広め、率先してその研究を呼びかけるわたしが、まさか、オシラサマに対する怯えから、それを安心できる別のものと交換するために青森へなどとは、とても口には出せないではないか」

「そうでしたか。お話を伺えば、確かにそれが最善の策に思えます」

「家族にも、本当のところは秘するしかなかったのだよ。そして、これまで誰にも打ち明けなかった。いや、そうではない。たった一人にだけ、わたしは真実を話した覚えがある。名も知らぬ、全くの他人なのだが」

「それはまた、見ず知らずの人を相手になんて、一体どうしてなのですか？」

「青森へ向かう列車の中で、座席が一緒になったのだよ。その相手は、雲水と呼んだら相応しいと思うのだが。色もあせた墨染めの衣に網代笠《あじろがさ》、くたびれた頭《ず》陀袋《だぶくろ》という姿でね。そのような風体で、また、見ず知らずの人物だったからこそ、打ち明ける気になったのかもしれない。

　それに、まったく誰にも話さずひた隠しにすることに、何というか、罪悪感を覚えてね。きっと、誰かに表白すれば、少しは気が楽になるに違いないと思ったのだろう」

「なんだかそのお気持ち、分かるような気がします。今伺ったような人物が相手でしたら、胸の中にわだかまっているものを打ち明けるのに、それ以上の人は考えられません」

「話題が旅の目的に触れた時、わたしは、バッグの中から箱を取り出した。そして、箱に入ったオシラサマを示して、その謂れ、それに奇怪な出来事を打ち明けて、別のオシラサマと取り換えてもらうつもりだと話した。

今でも覚えているよ、話し終えて、急に気が楽になった感覚を。いや、列車の中でのこの雲水との件は、ただそれだけのことで重要な話ではないのだがね。

是非聞いてもらわなければならんのは、返しに行った青森の家で目の当たりにする、唖然とするしかなかった体験だ。オシラサマの面妖な力が、現実のものだと認識したよ」

「何体もオシラサマが祀られているというその青森の家で、先生ご自身が、不思議なことを目にされたのですね」

「主人は、そういう事情であるなら、来歴も平凡で神秘的な点などないオシラサマと換えましょうと言ってくれた。換えたのが分からぬよう、一番上に同じようなオセンダクを着せることにしてね。

安堵したよ。オシラサマの箱は、わたしの手から主人の手へ。そして主人は、懐かしそうにオシラサマを箱から出し、恭《うやうや》しく両手に持ったのだが……。

そこで、奇妙な事態となった」

5

どこでも死ねるからだで春風　　種田山頭火

「あれ、今、山頭火さんから、何か呟きが出たような」

「いつもの寝言でしょう。今のは、オヒナサマ――と聞こえましたぞ」

「オヒナサマ、ですか。はてどうも、オシラサマと聞こえたように。いやまあ、オヒナサマでしょうな。山頭火さん、お雛様から白酒をもらった夢でも見ましたかな」

一草庵の句会の最中なのだが、酒の入った庵主は、横になって眠っていた。

山頭火のそんな振る舞いは特に珍しくもなかったので、集まった仲間たちも気にしてはいない。山頭火の方へ顔を向けた二人も、すぐに頭の中は句案で占められた。

山頭火は、夢と現《うつつ》の間を行きつ戻りつしていた。北へ向かう列車の中での一場面、それが夢の中に浮かんだのがきっかけだろう。

それはもう、十年以上も前の旅である。山頭火の前の席に坐った男は、大学教授あるいは裁判官といった雰囲気の、端整な面立ちの男だった。その男が、山頭火に不思議な話をした。オシラサマの話……。

奇妙とも奇怪とも言える話である。ロシア人の博士が、男の家のオシラサマの内部を覗いた。それからすぐ博士は帰国して急死したのだと、沈痛な顔で男が話す。博士の死とオシラサマと、関係があると考えているわけではないが――、そう男は言った。しかし山頭火の目には、男がその考えに囚われているように映った。青森まで行って、別のオシラサマと取り換えるつもりなのだと、男が言う。男は包みをほどき、慎重な手つきで箱のふたを開けて、問題のオシラサマを山頭火に見せてくれた。

オシラサマ――、これはまた、なんと、子供だましのような、一本足の照る照る坊主といったものではないか。山頭火はそう思い眉間にしわを寄せ、ひげ面を近づけた。

学者然とした男が、こんな他愛もない人形としか見えないものに、畏怖の念を抱いているかのごとき様子が、山頭火には理解できなかった。箱からオシラサマを摑みだし、ふくらんだ布をまくって、中はどうなっているのかを確認してみたかった。さすがに天衣無縫の山頭火であっても、男の真剣な態度を前にしては、それも控えざるを得なかったが。

どうやら男は、山頭火にオシラサマの話をしたことで、心の重荷とでもいったものが大分除かれたらしい。そっとオシラサマの箱を横に置いたのち、ほっとした表情で深く息を吐くと、にわかに睡魔に襲われたようだった。

山頭火が目を大きく見開き、前の男に顔を寄せる。寝息を聴くと、寝込んでしまったと判断しても、大丈夫らしい。男の横に、包みから解かれたままの、オシラサマの箱――。

山頭火の視線が、男から横のオシラサマの箱へ。ひげ面が笑みでくずれ、両手がその箱へゆっくりと伸びた。

＊

「わたしは、かすかな望みとでもいったものを、胸の内に秘めていたのだがね。わたしの書斎で、また台所で、家の者が鈴の音を耳にしたわけだが、それはオシラサマとは関係のない、別の物が原因であった可能性も、消えてはいないと思っていた。書斎の場合には、ネズミの仕業《しわざ》とも考えられるし、台所では、鈴をつけた猫が忍び込んだという推量が、やはり捨てきれない。

もし、そうであったなら、例のロシアの博士の急死も、オシラサマとは無縁のものであったと自分を納得させられる。そうじゃないかね。かような思いもあり、ひょっとしたら青森の主人が、オシラサマは何も不可思議なことなど仕出かさなかったと、明らかにしてくれるかもしれない。そんな一縷の望みがあったのだよ。

それが、なんという皮肉な巡り合わせなのか、まったく逆の結果を思い知らされるとはな」

「先生、その青森の家で、いったい何が？」

「わたしは今でも、鮮明に覚えているよ。その時の主人の表情や言葉、主人の手にあるオシラサマの姿、そして、わたし自身の胸の高鳴りまでもね。オシラサマを持った主人は首を傾《かし》げ怪訝《けげん》な顔で、なんだこれは……と、囁《ささや》くように言った。

急に、嫌な予感がわたしの体を硬直させたよ。主人はオシラサマを顔に近づけ、そろそろと、オセンダクを若干まくった。わたしは、息苦しくなっていたはずだ。何か禍々《まがまが》しい言葉が、主人の口から発せられるのではと感じてね。主人は首を横に何度かふり、わたしを困惑した目で見つめて、低い声で言った。飯が、米粒が、ついています、干からびて……。

なにもそれは、禍々しいといったような事ではない。しかし、目を合わせた主人とわたしは、お互いに同じ結論に達しているのが分かったよ。どちらが先に口を切るか、顔を合わせたまま、しばらく無言が続いたと思う」

「米粒が干からびて、ですか。先生、それから連想されるのは、台所ですよね。つまり、先生のお宅の台所から響いた、例の鈴の音――、それは、侵入した猫についていた鈴が原因ではなかった。まさに、オシラサマの仕業だったとなるではありませんか。かつて、新しい白のオセンダクを着せた翌朝、お産見舞いに行ったとかで、端の方が汚れていたように。人知では理解できない力で、オシラサマは先生のお宅の中を、書斎と台所の間も自由に行き来が可能だった」

「やはり、君もそう思うのだね。そうなのだ、青森の主人もわたしも同じ考えだった。それ以外に、解釈のしようがあるだろうか。オシラサマは実際に、その身を台所まで運んだのだ。

となると、オシラサマの来歴にあったお産見舞いの奇談も、現実の出来事として受け止めざるを得なくなる。だが君、わたしがそれを真実であると断言してしまったら、民俗学は、人文科学の範疇に居場所を失うしかないだろう。どうしたらいいのか、わたしはどうすべきなのか、日本民俗学のために。

あるいは、卑怯という糾弾を受けるかもしれない。それでもわたしは、オシラサマのような怪異な問題からは、身を引こうと決意したのだよ」

「これはもう、あまりに重いお話で……」

「オシラサマ以外にも、山人あるいは漂泊の民など、わたしは尋常ならざるテーマを提出してきた。それらの問題にも、背を向けようと思い定めたのだ。

そして目指すものはただ一点、自分のライフワークである、稲の信仰に生きる常民と祖霊――。わたしとしては、このテーマに打ち込み、そして恥ずかしくないだけの仕事を残したと、自負はしている。しかし、解明を放棄してしまった、あのオシラサマの件を思い返せば、今もこの胸に、忸怩《じくじ》たるものがあってね」

「先生、先生の打ち立てられた業績は、空前絶後の不滅のものであり、民俗学という学問を、若い学徒も惹きつける確たるものとされたではありませんか。

それでも、先生も生身の人間であってみれば、民俗学のすべての分野で研究を尽くされるのは、不可能だと思うのです。僭越な言い方で申し訳ありません。ですが、オシラサマの不思議な力に関しては、きっと後に新しい時代の学究が、闇を照らしてくれるのではないでしょうか。

私はそう信じます。先生のお宅を見えない空気の如く移動して、台所で米粒をつけたそのオシラサマの謎も、きっと新しい時代の学徒が解き明かしてくれるでしょう」

「その件が心に残り、出来るものならそれが解明される日まで、長生きしてみたいと願わないではない。ただこの年になって、ふと思うことがあってね。我ながら、実に妙な気持ちなのだが、何か、違うのではないか、と」

「は？　先生、何がですか？　違うというのは」

「わたしは何か、とんでもない見落としをしているのではないのか。訳もなく、そんな疑問が胸に兆《きざ》す折があるのだ。

それが何なのか、物狂おしくなるほど考え抜いてみても、やはりそこから一歩も先へは進めない。それでも、またふと、胸に浮かんでくるのだよ。自分の味わったオシラサマの神秘な力というのは、ひょっとして、わたしがただ途方もない思い違いをしているだけではないのかと……」

6

(ぼくァね、この柳田先生の件を考えるたびに、どうしても南方《みなかた》さんの、夏の夜の火の玉の話を思い出してしまってねえ)

——はあ、南方熊楠《くまぐす》さんですか。これはまた、柳田先生から急に、話がだいぶ飛びますね。

(いや本田君、柳田先生の話に南方さんが登場するのは、当然至極と言っていいくらいなものじゃないか。

日本民俗学の草創期に、柳田先生と南方さんとの間で交わされた二百通を超える書簡、こりゃ誰が何と言っても、民俗学にとって最重要の手紙だよ)

——はい、でも中山さん、どうも話が脱線しているみたいで。

(おお、そうだね。いやあこの悪いクセは、直りそうもないなあ)

——慣れるようにします。それと南方さんについては、中山さんとの深い関わりを、丘先輩から聞かされました。南方さんの『南方随筆』は、中山さんが編集されたのですね。そういったことも、丘先輩が話してくれて。

（こりゃあ驚いたねえ。彦ちゃんがそんなに民俗学に興味があったとは、ぼくァ、知らなかった。いつからそうなったものか）

——南方さんを中心に話す回もあるだろうから、その時は、丘先輩も参加したいと言ってるんです。

（ほお、丘彦二郎、何かぼくを驚かそうとしているのかもしれないよ。何度もぼくが驚かしているからねえ。

まあ、楽しみにとっておこうじゃないか。勿論、南方さんに関しては、いずれたっぷりと語るつもりだよ。こんなに逸話の多い人は、とても他にはいないのだから。うん、最終の回を南方さんにするのがいいかもしれない。柳田先生で始まり南方さんで完結——、そうとも、これだよ本田君。こりゃあ、胸の奥が熱くなってきたぞ。あれ、本田君、ぼくは何の話をしていたんだっけね）

——はい、夏の夜の火の玉って話でしたが。

（おお、そうだった、いけないねえ。さあじゃあ、また脱線する前にその説明を始めよう。

南方さんの家の隣で、ちょっとした騒動があった。火の玉が出たとか幽霊を見たとか、そんな人騒がせな珍事なんだがね。柳田先生のオシラサマの話から、ぼくァどうしても、この珍事を連

想してしまうんだ）

――ですが、オシラサマと火の玉や幽霊なんて、結びつきそうに思えませんが。

（この場合の火の玉や幽霊の正体というものを考えれば、やっぱり結びつくんじゃないのかねえ。まあその、あまりに意外な正体という点かな。

　夏の夜の話なんだ。蒸し暑さをしのぐために、南方さんは家の中で裸になっていた。いいかい、正真正銘の真っ裸だよ。褌《ふんどし》のみとかいうんでなく、一糸まとわない裸。これが、南方さんの十八番《おはこ》といってもいい。この恰好で南方さんは顕微鏡をのぞいたり、天体を観測したりしていた）

――そんな時期ですと、家もあちこち開け放してあるでしょうから、外からその姿を見られてしまう心配もありそうですけど。

（いや、他人に真っ裸を見られるのを、南方さんは微塵も気にしない。当然、心配など皆無）

――ちょっと、常識は通用しないようですね。

（ああ、南方さんに関しては、常識は捨てた方がいい。で、そんな姿で南方さんが研究を続けていると、家のわきを通っていた者たちが、足を止めてガヤガヤ騒ぎだしたんだ。どうやら芝居帰りの者たちのようだが、騒いでいる声を聞くと、幽霊だ火の玉だなんて言い合っているんだよ。それが見えたのが、隣の庭の大木の上の方らしくてね）

――一人だけが目にしたのなら、何かの間違いということもあるでしょうけど。でも、何人もがそれを見たのなら、確かに何か怪しいものが出現したのかもしれません。

（まあある意味、怪しいかもしれないよ。その騒いでいた者たちが立ち去った後、南方さんは、

夫人を彼らが騒いでいた場所まで行かせて、色々と試してみたんだ。それで、幽霊あるいは火の玉の正体が判明した）

――分かったのですか？　恐らく、何かいたんですね？　鳥とか獣とか、あるいは盗みを企んでいるものが、何か細工をしていたとか。

（本田君、君は探偵小説を書きたいだけあって、よく妄想がふくらむねえ。ぼくァ、探偵小説のことは分からんが、どうやら君は向いているかもしれないよ。だがね、この件に関しちゃ、君の推理は外れだな。その大木に、何もいやしなかった）

――え？　何も、いなかった？

（南方さんは、顕微鏡を見る照明として、ランプの周辺を暗くして、ランプには光を強くするために、ラッパのような紙筒を付けておいたんだ。

いいかい、天体を観測しようと、南方さんが立ち上がる。するとそのランプの光がちょうど、まあその、どうも笑ってしまうが、南方さんの股座《またぐら》に当たるんだよ。股座には当然ながら、つまりいや言う必要もないね。

ま、それに光が当たり、その影が隣の大木に映ったんだねえ。いやあ、幽霊だ火の玉だと騒いだ連中も、この正体を知ったなら、そりゃあ度肝を抜かれただろう。ほんとに南方熊楠という人には、なにかと意表を突かれるよ）

――もう、あまりに意想外な展開で。

（柳田先生と南方さん、誰もが認める民俗学界の二人の巨人だ。本田君、柳田先生のようなお方は、無遠慮にオセンダクをまくって、オシラサマの内部を覗くといった真似はなさらない。一方、南方さんなら、なんの躊躇《ちゅうちょ》もなくオセンダクをまくるだろう。この違いは非常に大きい。ぼくも、南方さん派だがね。

　さて、種田山頭火ならどうだろう。説明の必要はないよねえ。こんな話をしていると、ほんとにもう一度、できるものなら山頭火に会いたいよ)

7

一握の米をいただきいただいてまいにちの旅　　　種田山頭火

山頭火は息をひそめて、箱の中から、オシラサマを取り出した。

眠っている男の話では、オシラサマの内部を覗いたロシア人は、帰国して間もなく亡くなったとのことだった。それこそ、オシラサマの祟り――。そんな秘められた恐れを、山頭火は男の口吻の中に感じ取っていた。

　些かでもそれが現実に起こる可能性があるとしたら、誰しも、オシラサマを手にすることを憚《はばか》ったであろう。だが山頭火にとって、恐れなどさらさらない。たとえ待ち受けるものが死であっても、それはちっとも恐怖とはならないのだ。ころりとあの世へ行くことこそ、山頭火の願い。

こんな照る照る坊主のような人形の、内部を覗くことで死ねたなら、なんと幸せな列車の中の巡り合いか。

死に場所を求めて、当てもない旅に出た山頭火である。ころり往生こそ山頭火の念願なのだ。オシラサマの不思議な力によってすぐ死ねたなら、それはどんなに有難いことだろう。オシラサマを手にした山頭火は、念願が叶うかもしれないとの思いで、恍惚とした境地だったかもしれない。

おお、あれは何と言ったかの、そうそう、オシラ遊ばせと言ったぞ。どれ、ひとつやってみるか。しかし、これをどうすればよいのかのう。指人形なら分かるのだが、これは、この一本の木しかないし……。

まあ、勘弁してもらおう。これが、儂《わし》のオシラ遊ばせとさせてもらうぞ。

山頭火は左手にオシラサマを持ち、ぎこちない恰好で、オシラサマのオセンダクをふわふわさせながら動かした。とても真っ当な人間の振る舞いとは見えない。その姿を目にした何人かの乗客は、目が合っては一大事と身をかたくして俯《うつむ》いた。

いやいや、こんなことをしている場合ではない。手を止めて、山頭火が考え直す。この男が眠りから覚める前に、オセンダクの中を、じっくりと拝ませてもらわねばな。

一度、眠り込んでいる男に目を遣ってから、山頭火は口をかたく結んで、右手でそっと、すべてのオセンダクをめくり上げた。

――なんだこれは、何もないではないか。こりゃただの木の棒、まったく、つまらん。いや、そうだ、暗くてよく見えんのかもしれんぞ。もっとよく見えるように、どれ……。

オシラサマの向きを変えた山頭火は、少し力を込めてオセンダクを引き上げた。その時である、嫌な音がして、オセンダクが破れたのは。

思わず洩らしそうになった声を、山頭火は呑みこんだ。首を縮めて、おずおずと視線を眠っている男の方へ。男の顔に変化はない。

破れたのは、何枚も重なっているオセンダクの、奥の方の一枚。それでも、オシラサマから取れてしまったわけではない。破れたのは一部分で、そのオセンダクが、山頭火が緊張して左手で持っている状態で、一枚だけ不恰好に垂れ下がっているのだ。

山頭火は顔をしかめ、そろそろとオシラサマを戻そうとしたが、すぐにその手を止めた。

いかんいかん、このままではいかんぞ。これでは、取り出せば忽ち気づかれるからのう。なんとかせねば、なんとか——、おお、そうそう、それがいい。儂も、まだ知恵が回るではないか。こりゃ、まことにうまい方法《て》があった。

オシラサマを横に置き、山頭火は嬉しそうな顔で頭陀袋を取り上げた。中に手を入れ、頷きながら取り出したのは、経木《きょうぎ》に包まれた一つの握り飯。これだけが一日分の食料であっても、托鉢《たくはつ》の身にとっては良しとしなければならない。その握り飯をまだ食べていなかったことに、山頭火は幸運を感じた。

ほんの少しでも、減ってしまうのは惜しいがのう……、いや、この期に及んで、まったく情けないの儂は。このガシンタレが、そんな欲を出しとる場合ではないぞ。

山頭火の指が、握り飯の一部をつまみ取る。残りの握り飯は、経木にざっと包みなおして脇へ。膝の上には、オシラサマが寝かされた。片手でオセンダクをまくって、破れた箇所がよく見えるように。その部分の布を押さえて、山頭火は飯粒をなすりつけ、それを重ねて両手で挟み力を込めて押しつけた。

息を吐きだしてオシラサマを手に取り、そっと目の前に立てると、破れたオセンダクが垂れ下がることもなく、元の姿そのままに山頭火の目には映ったのである。ひげ面が笑みで満ちた。

実は、飯粒は、木の棒にも他のオセンダクにもついてしまったのだが——。

*

「先生が途方もない思い違いをされるなんて、とても考えられません。お話からすればやはり、問題のオシラサマは不可思議な力を秘めた、現在の科学では説明のつかないものではありませんか。出来ますなら、それが解明される日を見届けたいとは思いますが」

「とんでもない見落とし、それとも思い違いなのではと感じるのは、あるいは、わたしの気の弱りなのかもしれない。生あるうちには、この謎に光はさしそうにもないからね。

それにしても、君に話を聞いてもらい、幾分は肩の荷が下りた気がするよ。最初に列車の中の雲水に打ち明けて、君が二人目というわけだが、その間、幾星霜を閲《けみ》したものか……」

「その間も、オシラサマの神秘はそのままなのですね」

「おお、そうだった、今思い出したのだが、わたしは、列車の中でその雲水と一緒になった折、思わぬ失敗をしてしまってね。後になって、大分悔やんだものだった。自分もそんな間の抜けたことを仕出かすのかと、我ながら呆れるしかなかったよ。

今となってみれば、それも懐かしい。やせ我慢だろうと言われてしまうかな」

「間の抜けたことなんて、先生がそんな――」

「そう表現するしかないと思うのだ。わたしはね、雲水にオシラサマの話をした後、疲労と気のゆるみが重なり、列車の揺れに引き込まれるように深く眠り込んでしまった。どれくらい目覚めなかったものか、あるいは、時間的にはさほどでもなかったのかもしれないが。

とにかく、眠りから覚めた時には、自分がどこにいるのか理解できなかったくらいでね。寝ぼけ眼《まなこ》に雲水の姿を認めて、青森へ向かう列車の中なのだと気が付いたよ。

頭をはっきりさせようと息を整えていると、その雲水が立ち上がった」

8

おちついて死ねそうな草枯るる　　種田山頭火

「オシラサマの祟り、などと……」

もぐもぐと呟き、山頭火はやっと目を開いた。大儀そうに首を動かして周りを見ると、誰もいない。

「いかんのう、儂ァ、途中でまた眠ってしもうたか。まったく、めっきり酒に弱くなったぞ」

その声はあまりに掠《かす》れて、そばに人がいたとしても、聞き取れはしなかっただろう。唸りながら体を動かして、山頭火は肘枕をした。しょぼしょぼした目で、部屋の中の句会の名残《なごり》を確認しようとしたが、既にすっかり片付いている。

まったくもって、客に迷惑をかけてばかりで、とんでもない庵主ではないか。面目ないのう。それにしても、遠い昔の列車の中でのひと時が、鮮明に浮かんできたぞ。オシラサマ、か。奇妙な話を聞かされて、儂ァ奥を覗いた祟りで、ぽっくり死ねるのかと思うた。ところが、とんでもない、祟りどころではなく、あれは何だったたのかのう。あれはやはり、オシラサマが喜んだのと違うか。オシラサマが、この儂を気に入って——。

山頭火は顔をしかめながら、肘枕をもとに戻した。ゆっくりと息を吐きだすと、指の先まで全く動きが止まり、今にも深い眠りに落ちてゆきそうだ。

——行方定めぬ、放浪のこの身。オシラサマはそんな境遇が気に入ったらしい。お心にかなった男の手でオシラ遊ばせをされて、祟りではなく福を授けてくれたか。それからしばらくの間、そりゃあ満ち足りた旅ができたぞ。美味《うま》いものを食い、心ゆくまで酒を呑んで。おお、目に浮かぶ、頭陀袋に入っていたあのオセンダク……。

そうそう、儂ァこのことを、太郎さんだけには話したな。その時太郎さんは、そりゃあ夜空に二つの月を見たような驚きようであった。なんでまた、あんなに驚いたものか。それでこっちもたまげてしまい、そのあと二人で大笑いをしたぞ。楽しかったのう、懐かしいよ、太郎さん……

山頭火の顔は、至福の表情のまま、動かなかった。

＊

「先生、雲水が立ち上がったとは、何か普通ではない事態が生じたのですか」

「いや、雲水はただ、小用に立っただけで」

「雲水が便所へ行っても、先生の失敗につながるとは思えません。ではそれから、雲水の予期せぬ行動があったというような」

「雲水の振る舞いに問題はないのだ。何というか、全くわたしの独り相撲と呼ぶしかないのだよ。わたしはね、つまり、雲水がいない間に、密かに喜捨をしようと思ったのだ。ただ、それだけのことだったのだが」

「喜捨？　ではお金を、小用に立ったその雲水に？」

「なにしろ身なりといったら、それは哀れさを帯びたものだったのだ。日々の食事にも事欠いているようで。わたしは彼が戻ってくるまでに、いくらかを包んで、頭陀袋の中に忍ばせようと決めた」

「そのような善行が、失敗につながるとは考えられませんが」

「わたしは上着やズボンの隠しを、両手で探り始めた。慌てていただろう。雲水がいつ戻ってくるか、気が気でなくてね。そのうえ眠りから覚めたばかりで、まだ頭の中がボーッとしている。

だから片手で隠しから布を取り出した時、一瞬、何だか分からなかった。

すぐ思い出したがね。例のオシラサマに着せようと家に準備してあった、オセンダクなんだよ。だが、そのオシラサマは青森の家に返すつもりなので、持参していたんだ。

これはあつらえ向きだと思い、わたしは手早く財布から数えもせずに取ってオセンダクに包み、頭陀袋の中に忍ばせた。間に合ったとホッとして通路を見ると、すぐに雲水の姿が車両の奥に現れたよ」

「今のお話の中に、失敗などというものは何もないようですが、先生」

「失敗に気付いたのは、雲水と別れた後なのだ。わたしはね、慌てて財布から取り出したものだから、思ったより大分多い額を、オセンダクに包んでしまった。それを知った時、呆然として何度財布の中身を数えなおしたか」

「それでは、かなりの金額だったのですね」

「青森からの帰途に数泊して、他に廻ろうと予定していたのだが、その資金の一部も包んでしまったのだから、とんだ間の抜けた話だよ。青森でオシラサマを取り換えると、他へ廻る気も失せて、すぐに東京に戻った次第だがね。

ただ、例の面妖なオシラサマとは離れて、これで家族に平穏が戻るだろうと、それが大きな安らぎだった」

「そうでしたか、いえそれにしても、先生がそのような間違いをなされるなんて。しかしその、喜捨の額の大変な誤りというのは、やはりどうもただの間違いではないような」

「何か、気になることでもあるのかね」
「はい、今お聞きして感じたのは、それは先生の失敗でなく、つまり例のオシラサマの、悪戯《いたずら》ではなかったのか、と」
「考えすぎではないかね、オシラサマが悪戯――、そうか、あのオシラサマなら、ああ、神出鬼没のあのオシラサマなら」

*

庵主が眠っている間に句会は終わり、参会した人たちはきれいにあとを片付けて、一草庵を辞した。庵主はずっと眠ったままだった。ただ、参会した句友の一人が、なぜか気になって仕方がなく、深夜に再び一草庵へ出向いた。彼はそこで、既に呼吸も絶えた種田山頭火を目にしたのである。
すぐに医者が呼ばれたが、山頭火は疾《と》うに帰らぬ人となっていた。それこそ、山頭火の望みだった。見事な、――ころり往生。

外《げ》法頭《ほうがしら》

そして此の箱の中には、一個（又は二個）の人形を入れて置くのが普通で、然も此の人形が呪力の源泉とせられていたのである。
然るに此の人形がどんなものであったかに就いては、報告が区々であって判然しないが、（一）は普通の雛だというし、（二）は藁人形だというし、（三）は久延毘古《くえびこ》神を形代とした案山子のようだというし、（四）は歓喜天に似た男女の和合神だというし、（五）は犬または猫の頭蓋骨だというし、（六）更に奇抜なのになると、外法頭《げほうがしら》と称する天窓の所有者であった人間の髑髏《どくろ》というのもある。

——中山太郎『日本巫女史』

1

——前回の柳田国男先生に関する話には、まったく啞然となりました。いくらなんでも、あんな奇想天外な話は毎度出てくるわけはありませんよね。まさか、前回のような過激な内容が続くとは思えませんけど。今回も、少しは変わった民俗学の話ではあるにしろ。

（本田君、君の予想を裏切ることになりそうだねえ。過激というなら、今回は前よりもさらに過激だよ。ぼくァ、君にはそういう話しかしないつもりなんだ。本当に自分でも、そんな体験をよく幾つもしてきたものだと思うんだが、実は、これには理由があってね。

そうか、まず、その説明をしておこうか。前回、君が探偵小説という言葉を出した時のことだが）

――探偵という言葉で、なぜか中山さんは笑いを堪《こら》えるような表情になって。そうでした、その時は、説明は後日ということだったのですから。

（そりゃあ柳田先生の話を、充分にしたかったからねえ。今日はきちんと、ぼくと探偵という言葉の関係を話そう。

大正の末頃発足したのだが、君は、《明治文化研究会》というものを知っているかね）

――はい、名前は聞いた覚えがあります。あの関東大震災で明治の貴重なものが大分失われましたが、確かそれを機に、明治の文化を保存しようと設立されたんですよね。中心になったのが、東京帝大の教授である吉野作造、それと、ジャーナリストというより奇人変人として有名な宮武《みやたけ》外骨《がいこつ》。

会の活動の結果、刊行されたのが『明治文化全集』でしたね。私は読んではいませんが。

（さすがに下野新聞の記者だ。よく知ってるじゃないか。ところで、ぼくもね、《明治文化研究会》には参加しているんだ。新聞社などに伝わっている情報では、ぼくが参加したのは、昭和十五年からとなっている。だがね、こりゃある意味、間違いと言ってもいいんだがねえ）

――え？　どういうことなのですか？

《明治文化研究会》には、尾佐竹猛《おさたけたけき》もいた。大審院判事だよ。いいかい、大学教授や裁判官などが一緒では、外骨さんはね、本当は会に持ち出したい話題を我慢せざるを得なかった。もっと下世話なというか、ワイセツあるいはイカガワシイといった中身だね。

だから外骨さんは、そういう話題は、ぼくと一緒に取り組むことにした。裏の《明治文化研究会》みたいなものかな。昭和になる前からなんだがね。外骨さんとぼくは、会にこんな名前を付けた。――《明治文化探偵会》、そう呼んだんだ）

――しかし中山さん、どうして今までそんな興味深い会に関して、少しも知られていないんですか？　雑誌記者など飛びつきそうな話題だと思うんですけど。

（本田君、《明治文化探偵会》で扱ったものは、明るみに出たら大騒動を引き起こしかねないことばかりでねえ。

外骨さんもぼくも、そして、会で取り上げる話題に関連して事情を知る人たちが出席してくれたけど、みんな秘密は守ってきたんだよ。それだから、外骨さんとぼくは、その人たちから話を聞くことが出来たわけだね）

――それでは、今回の話は、その《明治文化探偵会》で話題となった件なのですか？

（それは次回になるよ。今回はね、外骨さん自身のことなんだ。《明治文化探偵会》をやろうじゃないかという話が一段落し、では前祝に一杯となって、気持ちよく酔いのまわった外骨さんが、本人にまつわる取って置きの事件を語ってくれてねえ。興に乗った外骨さんは、手振り身振り、それに口真似までやってくれたなあ。いやなにしろ、とんでもないことを仕出かす人だとは承知していたけど、ぼくァ、まあたまげた。さっき本田君は、外骨さんを奇人変人と呼んだが、いやあ実に大奇人、それより、奇人の親玉か）

——それが、前回よりも過激って、気になって仕方ありません。どんな事件なのか、想像もできませんが。

（さて、どう切り出せばいいのか。おおそうだ、本田君、君は探偵小説を書きたいんだね。それなら、その探偵小説の中でだね、首なし死体にまつわる事件なんてものも色々と読んでるに違いない。そういった方面の知識はあると思うんだが）

——探偵小説の中のそんな事件なら、まあ馴染《なじ》みはありますけど。探偵小説では、死体の身元を隠そうとして、首なし死体の登場することが多いと思いますよ。それと、死体を運搬するのに、運びやすくかつ人目を引かないようにする目的で、首や手足を切断して運ぶなどといった方法がとられたり。

そうでした、犯人に結び付く手がかりを残さないために、被害者の首を持ち去るという展開も出てきます。たとえば、頭の中に残った銃弾とか、顔面に残った特殊な凶器の痕《あと》といった場合ですね。

（成る程ねえ、探偵小説家もあれこれと大変だ。ところで首に焦点を絞ると、いずれの場合も、首を奪った人物は首そのものが必要、あるいはその首を持ち続けねばならないってわけじゃないよね）

――え、ええ、それはそうですけど。

（台湾の首狩り族は、相手の首を奪うという行為で、武勇が証明されて、成人として認められるらしいよ。まあこれも、大事なのは首そのものよりも、首を狩るという能力なんだろうね。

それと、日本の民俗学の方の話に移ると、はるか昔には、死体の首や手足をバラバラにして葬るという習俗があったんだ。乱臣賊子《らんしんぞくし》といった大悪人を埋葬する時なのだがね。ただ埋めたのでは、悪霊となって甦り、暴威をふるうと恐れたんだな。なぜ平将門《たいらのまさかど》の首塚や胴塚などが残っているのかというと、当然ながらこの習俗のためだよ）

――なんだか気味悪い話ですね。では今回は、その異常な埋葬の話ですか？

（それがねえ、もっと気味の悪い民俗学の方面に入っていくんだ。本当はぼくも、こういったものは苦手なんだがねえ。

そんなことを言ってる場合ではないな。いいかい、このバラバラの埋葬にしても、切断が肝心なのであって、首そのものが重要ではないだろう。だけど、民俗学の俗信の分野で、この首こそが興味の要《かなめ》となるものがある。これをずっと密かに持ち続けたいがために、人の首を切り落とす話があるんだ。その首を、外法頭と呼ぶのだが……）

――しかしどうして、何のために、そんなことをするんですか？

（占い・予言・呪《まじな》い、あるいは、死者の霊を呼び出したりするのに、この外法頭の所持が、強大な力を及ぼすと信じられていたんだよ。

これは、そんなに昔の話じゃない。十年ほど前には確かにあった。今でも――、ああ、完全に

消滅したと言えるのかどうか）
――どうも、にわかには信じられません。いくらなんでも、占いや予言の力が欲しいからって、人の首を切り落とすなんて。
（ほんとにねえ、不思議なもんじゃないか。この外法頭で占った人間、その占いを頼んだ人間、そんな人たちはいまだに多数生存しているのに、もう本田君くらいの年代の人は、それを信じられなくなっている。日本は戦争に敗れて、今の世の中は、かつて経験したこともない悲惨な有様《ありさま》だ。日本人の心は、どうなってしまうのかねえ。
　あれ、なんだか話が脱線しそうだよ。日本人の心情という大きな話題は今は忘れよう）
――そうですよ、外法頭です。じゃあ話を戻すと、酔いの回った外骨さんが、外法頭について何かを語ってくれたのですね。それが前回のオシラサマよりも、さらに過激なのでしょう？
（おお、そうとも、なにしろ語るのも語られる登場人物も、当代きっての奇人、宮武外骨さんなんだから。
　それに、もう一人、すこぶる高名な学者も絡んでくるよ。井上円了《いのうええんりょう》なんだがね。当然、いかなる人物なのかは承知のはずだ）
――はい、あだ名と言いますか、新聞雑誌の影響で世間では妖怪博士で通っていましたから、その呼び名は強烈に記憶に残ります。妖怪博士、井上円了が死去したのは、中国の大連《だいれん》ではなかったですか。確かあれは、昭和になる前だったと思いますが。
　円了は、化け物や幽霊を撲滅しようという活動によって、そんなあだ名をつけられたわけです。

つまり、迷信や偏見の打破で有名なのですから、外法頭についていうなら、そういう俗信を否定する立場になりますよね。

（そうそう、そのはずなんだけどねえ。いいかい、とんでもなく頭脳明晰な井上円了と、とんでもない奇人の外骨さんが、外法頭をはさんで見《まみ》えたなら、これは一体どんな事態となるのか。円了は既に世を去った。でも、外骨さんは今もお元気なんだ。そりゃあ、外骨さんのことだからね、この話が世に知られることとなっても、びくともしないだろう。でもね、やっぱりぼくァ、この話を発表するのは、すべての関係者が故人となってからがいいと思うんだよ。ぼくもこの世を去っているだろう。まあ、本田君の探偵小説が読めないのは、勿論心残りではあるんだがね）

2

按《あんず》るに『増鏡《ますかがみ》』に、「大政大臣藤原公相《きんすけ》、頭大にして異なりければ、葬りし時外法行ふもの其塚を発《あば》き、首を研《きり》て去れり」とみゆ。今も頭大なるを外法がしらといふ是なり。

——喜多村信節『嬉遊笑覧《きゆうしようらん》』

余、いささかここに感ずるところありて、道理上妖怪の解釈を下して人民の妄信を開発し、文明の民たるに背かざらしめんことを欲するなり。

——井上円了『通信教授　心理学』

かかる著述のあまねく世に公行せば、今より漸次、かの迷信の旧習を減退するの一助となる。

——文部大臣

あれは一体、何だったのだろうか？

この井上円了の呟きは、他人の耳には届かなかったものの、ふとした折に彼が眉をひそめて俯《うつむ》き首をひねる姿は、何度か目撃されたという。

その姿だけからは、円了が何を思案しているのか、誰も推し量ることは出来なかった。たった一言さえ耳にしたならば、あるいは、円了の胸の奥を垣間見るのも可能だったかもしれないのだが。

何だったのだ、この目で見た、外法頭は……。

そんな言葉さえ耳に届いたならば、最高の頭脳と言われた男の頭を混乱させたものに、触れられたのかもしれない。


東大を首席で卒業したほどの抜群の頭脳、若年のうちから、世のため人のために一生を捧げたいと明言した気高く堅固な意志の持ち主。その円了が、自信も揺らぎ白昼夢の中に迷い込んだかのごとき思いに囚われてしまったとは、実に由々しき事態である。円了は、それを誰かに相談してみるという気になれなかった。正確に言うならば、そうしたくても、どうしても出来なかったのだ。

そのような円了の気持ちは、当時に生きた者であるなら、ほぼ全員が納得するだろう。なにしろ井上円了という人物こそが、そういう相談を受けるのに最もふさわしい人間だと、日本中から思われていたのだ。そんな状況で、円了は一体誰に相談すればいいというのか。

〈妖怪博士〉あるいは〈化け物博士〉、これが円了の獲得した通り名だった。この世のものならぬ奇怪な現象や、怪しい生き物と信じられたその正体を、理路整然と説明して世の迷妄を破って来たのだ。『妖怪学講義』に、一時国中に蔓延したコックリ様に関して、何ら不思議なことなどないのだと反論の余地なく解明してある。

円了の通り名が広まったのは、その著書だけでなく、巡回講演といって全国を異常とも思えるほどに次々と訪問したことも、大きく影響しているだろう。

北海道から九州まで、円了は倦《う》むことなく飛び回った。交通機関が整っていた時代ではない。馬にも乗った、トロッコにも乗った。夜明け前に出発して、自分の足で険しい峠を越えた折もあっただろう。それに場所によっては宿屋がないことも珍しくはないのだから、否応《いやおう》なく、小学校や役場の宿直室が宿所となった。当然ながら、円了の顔はよく日に焼けていたそうだ。

そんなおびただしい数の講演が実際必要であったのか。その通りなのである。円了には何としても、それを続けねばならない理由があったのだ。哲学館設立・維持のための寄付金を、出来うる限り募集するという理由が。これだけの苦闘を経た哲学館は、のちに東洋大学へと発展する。

円了が相談する相手もなく、白昼夢の中に吸い込まれたかのごとき事態となったのには、この寄付金の件が関わっていた。

出久目《でくめ》洋三《ようぞう》は、法外とも言える寄付金を申し出たのだ。

「無論儂《わし》は、出すと言ったら出しますぞ。それはまあ、金に汚いなどといった陰口もあるのは知っとる。しかしだ、博士が広めようとしておる、その何と言いましたか、そうそう哲学、それはまあ要するに、神や仏のようなものでありましょう。ですから儂は、そんな立派なものに賛同して、寄付金を出しますとも。

となればですな、当然、寄付者名簿の中の儂の名前は、格別目立つ場所に、そして間違いなく金額も示してもらわんとな。なにしろ、金額が金額でありますぞ。いやそれより、博士、それだけの額を出すのですから、こっちの頼みものんでもらいたいわけで。よろしいかな、どうしても儂とともに、奴の家へ行ってもらいたい。

奴の家に乗り込み、儂に対する誹謗中傷、それに呪《のろ》いなどという戯《たわ》けたことを雑誌に発表するのを、断固禁じて欲しいのがこっちの頼みでして」

寄付金を恩に着せた出久目は、井上円了に質問する間さえ与えず、滔々《とうとう》とまくし立てた。

「天下の井上円了博士に警告されたなら、騙《かた》り同然のあんな男は、平伏するしかないでしょうな。まったくのところ、そもそも奴の名前が人を馬鹿にしているではないか。外骨──などと、まともな人間でそんな名を付けるものがどこにおる。益体《やくたい》もない」

出久目は宮武外骨について、あちこち手を回して調査したらしい。

「いくら本人が発行している雑誌であってもですぞ、なんで『骨董雑誌』なんてものに、儂に対する呪いなどという記事を載せなくてはならんのだ。そうでしょうが、博士、それはもうはらわたが煮えくり返って。

何が雑誌の発行人だ、与太者と何ら変わらん、あんな男は。いいですかな、外骨は以前、奴が発行する『頓智協会雑誌』の記事により、雑誌は発禁となり奴は監獄送りとなったのですぞ。今回も、もし外骨を監獄へ送れるなら、儂は断固いくらでも金を積んでやる」

出久目は外骨を与太者と同じだと言ったが、実は出久目自身が世間から、同様の悪評を浴びせられていた。いや、さらに手厳しいと言うべきだろうか。血も涙もない、人の生血を吸う金貸し、金と色の亡者、そんな言葉が出久目洋三の名前には付きまとっているのだ。

貸金の取り立ての悪辣さは、そのために首をくくった者さえいるとの噂がずっと消えない。金と色の亡者と言われるのは、金を貸す条件として、あるいは返金の額を減じてやるとの甘言で、これまでに幾度も女の操を奪っているからだった。しかも、出久目は自分の獣欲を満足させながら、約束を守らないことさえ珍しくはないという。

首をくくった者というのは、どうやら、出久目を金蔓としている無法者たちが返済の滞っている者を脅し続け、挙句の果てが首くくりとなったらしい。

借金のせいで娘を遊郭へやる羽目になった例も少なくはない。そんな境遇に付けこみ、出久目は呆れ返る非道な挙に出た。遊郭に入る前に一度連れてこい、借金を減額してやるから、と。

こんな人でなしの言を信じてみようと思わざるを得ない境遇は、哀れと言うしかない。出久目に騙され、娘を弄《もてあそ》ばれた父親は、酒に酔って出久目を殺すと喚《わめ》きちらした。その喚き声が近所中に聞こえた数日後、父親は夜間の路上で襲われ、床から起き上がれない身となった。犯人は分かっていない。実行した犯人は不明にしろ、その背後に潜む人物が何者なのかは、近所の誰もが、胸に同じ名前を刻んでいたに違いない。

悪行の限りを尽くすようなこの出久目の仕打ちで、生活が滅茶苦茶になった男が『骨董雑誌』の愛読者の中にいることを知り、外骨の癇癪が破裂した。

『骨董雑誌』に、出久目洋三の悪事を列挙し、猛烈に糾弾する記事を大々的に掲載したのである。勿論骨董とは何の関係もないのだが、あえて言うなら、出久目のような悪人は明治の御世《みよ》には極めて稀な、封建時代の極悪人のごとき骨董品だということなのかもしれない。

ただ、これだけでは済まなかった。それはそうだろう、通常の雑誌発行人とはわけが違う。〈予は危険人物なり〉、〈過激にして愛嬌あり〉、〈予は猥褻《わいせつ》研究者なり〉などと真面目《まじめ》なのか冗談なのか、平気で人の度肝を抜くことを公言する、当代一の奇人と定評のある宮武外骨なのだ。糾弾に続く記事こそ、奇人外骨の真骨頂と言えるだろう。

その記事で外骨は、天誅《てんちゆう》をくだすために、平然と悪の限りを尽くす出久目に対して、呪いをかけたと明らかにした。

呪いを行ったのは外骨ではない。これらの呪術《じゆじゆつ》のための摩訶不思議な力を身に帯びている者になど、容易にたどり着けるはずもないが、外骨は苦心惨憺《さんたん》の末、一人の年老いた呪者に対面が叶ったという。限られた人たちだけが、問題の呪者のあまりに異様な術を目にしていると、『骨董雑誌』の記事にはあった。

年老いた呪者とはあるのだが、この呪者の年齢はなんとしても不明と記述されている。年齢だけではなく、住処《すみか》も不明。ただ何より気になるのは、その姿だった。異相などという言葉で表現できるものではなく、本当に人間なのかと感じるほどの、不気味さをたたえた顔貌だというのだ。年齢も本名も謎の呪者が、外骨に断言したという。完璧な呪いの発動により、もし出久目洋三が生き方を改めなければ、今後、彼の内臓はあれこれと衰えだし、命も一年は保てないであろう、と。

外骨は、命が保てないという部分を太字にし、あまつさえ傍点まで付けた。

3

この記事を知って出久目は怒り狂い、弁護士を外骨の家に急行させた。その名が知れ渡っている宮武外骨である。さすがに無法者を使うというのは、避けたのであろう。

やはりと言うべきか、指示を受けた弁護士は出久目に使われるだけあって、正義というものはどこかに置き忘れたらしい。行動の基準は、どうすればより多くの金を手にすることが出来るかの一点のみ。相撲取りのようなその巨体を、相手を威圧するために充分利用している。悪ずれした弁舌を駆使して、ある時は脅しある時はけむに巻いて、相手を自分の意に添わせてきた男なのだ。

そんな弁護士は、外骨の本を一つも読んではいなかった。もし、恥ずべき金儲けを少し控え、心を静めてこの奇人の本を手に取っていたなら、どれだけ彼に益をもたらしただろうか。自分が相手にしようとしているのは、とても一筋縄ではいかない、瞠目すべき人物であると理解できたはずなのだが。

弁護士は心の準備など何もなく、赤子の手をねじるに等しい仕事と、うす笑いとともに外骨の家に入った。どうせすぐに相手は屈服と、端《はな》から横柄な態度で外骨と対し、ただ頭の片隅ではいつも通り、汚い思惑が渦を巻いていた。こんな交渉、訳もない仕事だ。それはそうだが、いや、どう報告するかはこっちの勝手だ。ああ、実に難しい交渉だったと出久目には説明して、報酬を吊り上げてやろうじゃないか。

弁護士の思惑は、外骨と話し始めて忽《たちま》ち消えた。さすがに、何か得体の知れない男を相手にしていると気づいたのだ。しかし、既に遅かった。

外骨を相手とする場合、横柄な態度などというのは、最も避けるべきやり方だった。この間違いで、これまでに一体何人が、自慢の鼻を無残にへし折られただろうか。猛牛の前で、赤い布を振るような真似をしたせいで。スズメバチの巣を、棒切れで叩くような真似をしたせいで。

「こりゃ、実に痛快じゃや。人の生血を吸う泥棒金貸しが、相撲取りみたいな三百代言を送ってくるとはの。あんたは女狂いの金貸しのために、金の力でどうにかなりそうな女を探して、それを取り次ぐ女衒《ぜげん》のごとき仕事もやっとるのか、ご苦労千万。

さるにても、やはり呪いが効いて、あんたの雇い主は体が壊れだしたわけか。いやあ、痛快としか言いようがない」

「何を、何を言うんだ、君は。そんな、まったく埒《らち》もない。いいかよく聞け、出久目氏にはな、体調の異変などないのだ。断じてない。だいたい何を根拠に、出久目氏の体が壊れだしたなんて戯けた――」

「悪あがきはやめなさい。三百代言のあんたが、こうして拙宅までやって来た。それが何よりの根拠ではないか。そうであろうがのう、考えてもみなさい。呪いが効いてないのなら、なんで金に汚い金貸しが三百代言に金を払うのじゃ。面白いの、腹黒金貸しがその汚い金を使うのは、女のためか、あんたみたいなモグリを太らせるためとはの」

「よくもそんな出放題をぬけぬけと。いいか、三百代言とかモグリというのはやめろ。私は、れっきとした弁護士なのだ」

「あんたが、口の上手い相撲取り崩れなのか、大食いのペテン師なのか、そんなことは知らんよ、何の興味もない。よいかな、本当に金貸しの体に何の異変もないというなら、本人がやって来て、ぴんしゃんとしている姿を見せてくれれば済む話ではないか。のう、子供でも分かる理屈じゃ。我が輩、この目でそれを見さえすりゃ、腹立たしいが、もう何も言えなくなる。

それとあんた、泥棒金貸しを守るためにこんなことをしていると、大変な目に遭うのは火を見るより明らかというものでな」

「――何を、言っているんだ?」

「道鏡《どうきょう》や玄昉《げんぼう》などという怪しい力を持つ人物がいた時代、誰もが、呪いの恐ろしさを知っていたんじゃ。呪いにより、人は狂乱し衰弱し、ついには命も奪われた。とどのつまりは、歴史書を見れば分かるが、国の政治さえも動かしたぞ。

今の世の人間は、そんな呪いを信じることが出来ん。そのような不可思議を、全く目にしなくなったからの。しかしよいか、無法な金貸しに呪いをかけたのは、はるかな昔の異能の持ち主に匹敵する力を秘めた呪者での。どのようにしてそんな力を得たのか、それは我が輩も分からんが。

確かなのは、邪魔しようとする人間にも、その力が及ぶということなのだ。つまりあんた、呪いに敵対するごとき振る舞いを続けていると、いまに耳や鼻から血が流れだすか、急に言葉が出ないようになるか――」

「何を馬鹿な、そんなことがあってたまるか。まったくそんな、信じるものか、話にならん」

「いやいや、話は実に簡単じゃ」

外骨は一度笑って頷き、言葉を継いだ。

「さっきも言ったとおり、呪いは効いていないと主張するのなら、本人がこれまでと変わらぬ姿を見せてくれさえすれば済む話。この目で一目確認すりゃ、我が輩、当方の間違いでありましたと、『骨董雑誌』に訂正と謝罪の記事を出しますぞ。

それに加えて、詫びる気持ちを示すため恥も外聞も振り捨てて、うー、何か挙げるとすれば、おお、裸でカンカン踊りを披露いたしましょう。それを近所にも見せろと仰《おお》せなら、よいとも、大道をお気に召すまで、それ、カンカンノウ、キュウレンスーと、この息の続く限り、詫びる気持ちをお見せしましょうとも」

4

弁護士から話を聞き、出久目洋三は、外骨の家に出向くことを決意した。とにかく呪いなどまったく影響なく、このようにどこにも変調はないのだという姿を見せれば、向こうの方から進んで、雑誌に謝罪の記事を出すと言っているのだから。出久目はまた、謝罪文だけでは絶対に容赦はしないと決めていた。

外骨め、冗談のつもりでカンカン踊りなどとほざいたのだろうが、儂は、必ず踊らせてやるぞ。勿論、裸でな。裸で、町じゅうを踊りまわるがいい、手足が動かなくなるまで。

癪にさわる外骨に謝罪させるだけでなく、呪いなど絵空事だというのを周知させようと、出久目は、井上円了に同道するよう申し入れた。

〈妖怪博士〉として広く世に知られる円了が関わっているとなれば、どれほど衆目を集めるか。高額の寄付金も、充分見返りを得られると出久目は計算した。学識では外骨は円了に歯が立たないであろうし、円了はそのあと、外骨がしっぽを巻くに違いないこの件を、あちこちの講演会で話してくれるだろう、と。

弁護士は、同道するのが自分でなくて井上円了だと聞いて、密かに胸をなでおろした。あんなまるで常識の通じない変人とは、なんとしても再び関わりたくはなかった。二度と外骨の顔は目にしたくないと、この件に関与したのを悔いていたのだ。

悔いといえば、井上円了も、些《いささ》か後悔の念が生じていた。出久目が約束した寄付金の額は、確かに一回の講演会で集まる額を上回っている。反故《ほご》にするのは、あまりに惜しい。それに、呪いで人の体に害を与えたり、命まで縮めるなどというのは、あまりに前近代的な迷妄であり、看過しがたいとの思いもあるにはあるのだが。

ただ、出久目に同行する日までに、円了に聞こえてきた出久目の評判は、耳を疑うほど酷かった。

外骨が雑誌に載せた呪いの記事を、まったくの荒唐無稽、馬鹿げた振る舞いと断じて非難すると、それが出久目の肩を持つような結果になるのが、どうにも後ろめたい気持ちを強くさせるのだ。多額の寄付金を受け取れるからといって、多くの人たちから後ろ指をさされる出久目洋三のような人物に与《くみ》する結果となるのは、本意と言えるのか。寄付金を重視するあまり、私は、本来は断るべきものを、つい愚かにも引き受けてしまった。そうではないか、愚かにも……。

円了は目を閉じてうなだれ、時折うなりながら、何かいい手立てはないものかと考え続けた。しかし、これといった名案は浮かんでこない。これまで身を置いていた学問の世界とは、あまりにかけ離れている。

どうすべきか？　どうしたらいい？　出久目洋三に与することなしに……。

そんな混迷が円了の胸に淀んだまま、その日は目の前に迫っていた。

外骨と対する日が近づくにつれ、出久目の頭の中の怒りはどう変化したか。それは、少しも弱まることはなかった。ただそれとは別に、顔には嘲《あざけ》りの嗤《わら》いが張り付くようになった。憎い外骨を打ちのめせるという、期待と自己満足の嗤いが。

あの頭のおかしい前科者の外骨を、今後は恥ずかしさで顔を隠さねば道を歩けないような目に遭わせてやる。必ずそうするからな。お前が言ったのだ、裸でカンカン踊りを倒れるまでと。ああ、願わくは、全身を酷使した挙句、その場で息絶えればいいんだ。

そうとも、呼吸が困難になるまで、指先さえ動かなくなるまで、断じて踊りをやめさせるものか。何が、当代有数の編集者だ。お前はな、いいか、もう終わりなんだ。これからは、本も雑誌も出せはしないぞ。

外骨はその日が近づいても、別に何の変化も見られなかった。珍しく暇が出来れば、のほほんとした顔で魚釣りに出かけていた。この世に、心配事など何もないといった気楽さで。

5

出久目の横には、妖怪博士として知られる井上円了。出久目の顔は敵意がむき出しだが、円了の表情には、どこか当惑しているような様子も窺える。

着流しの外骨の内面は、その異相とも言える顔貌からは推し量れない。ただ円了は、間近に会してすぐに、メガネの奥の外骨の眼差しに、尋常ではないものを感じた。その眼光は、円了がこれまで目にしたことのない異様さだったのだ。

「どうだ、これで分かっただろう。呪いなどというまやかしが、儂の体になんの影響も及ぼしていないことを」

出久目は薄笑いを浮かべて、嘲るように言った。

「いいか、間違いなく、雑誌に謝罪の記事を出してもらうからな。しみったれた記事にするなよ。でかでかと出すがいい。それに、カンカン踊りとか言ったではないか。

口にした以上、必ずやってもらう。おい、冗談で済ませる気はないからな」

毒づく出久目の剣幕に、外骨の表情は変わらない。

「我が輩は、口にした以上は実行する。そりゃそうじゃ、この世で最も忌み嫌うものは、嘘なのだから。その点はご懸念無用。いや、せっかくのご足労、まあ慌てずに、ゆるりと茶の一服はどうかの、ほれ、いい香りではないか。

うちの書生は何をやらせても、どうもどこかがヘンチキなのだが、なぜか、茶だけはうまく淹れる。誰しも、一つくらいは取り柄というものがあるものよ、のう」

外骨はゆっくりと、満足げに茶碗を傾けた。

「さてと、では――」茶碗を置いて、外骨が口ひげをなぜる。「おおそうそう、説明せねばならんことがありましたな。我が輩、『骨董雑誌』の記事では、それについては言及を避けておった。という訳は、どうも些《ち》と、あからさまにするには我が輩であっても気が引ける。それは、呪いの方法でな。そうとも、こりゃ肝心ですぞ、どんな呪いをしたかという話は」

「どんな呪いだと?」

出久目が眉をひそめる。円了はいくぶん表情を変えたが、言葉は発しなかった。

「よろしいかな、いかなる呪いなのかを、疎《おろそ》かにしてはならん。そこで一応尋ねるが、犬神——というものを知っておるかね」

「なんだと、犬神?」さらに眉をひそめて、出久目は吐き出すように言った。「そんなものは、面白おかしく尾ひれを付けた、今ではありもしない昔の話ではないか」

「我が輩、生まれは四国の讃岐《さぬき》でな。ま、犬神の本場じゃ。犬神に関してはすべて承知しておる。尾ひれなどと、とんでもない。

そもそも、発端は復讐の念に支配された讃岐の男での。なんとしても恨みを晴らしたいのだが、よい折が訪れない。そこで男は、犬を生きたまま地中に埋めた、首だけ出しての。そして、エサもやらずに飢えさせた後、肉をその犬の前に示してこう言った。この肉を食わせるから、お前の霊魂をくれ、それで恨みを晴らす。直後に、犬の首は切り落とされた。男は不思議な力を手に入れて、念願成就することが出来たという因縁《いんねん》話でな」

出久目は顔をしかめて、外骨を睨んだ。腕を組んだ円了がかすかに唸る。

「今の話からも分かる通り、この首というものが、どうやら霊妙な力と密接につながっているようじゃ。今の世の巫女《みこ》や行者といった者たちの中でも、そりゃあ多くの者が、やはり強力な呪力を発揮するために、密かに髑髏を所持しておる。その髑髏は、犬だけではない。猫、狐……と、色々あっての」

「おい、出鱈目を言うな」出久目のしわがれた声。「何が今の世だ、そんな戯言《たわごと》、馬鹿馬鹿しい。だいたい今のこの世の中に、犬や猫の首を持つなどと、そんなことがあってたまるか」

「あんた、何も知らんのじゃな。まあ、あんたのような渡世をしておっては、無理もないといったところか。

よろしいかな、農業こそ国の基《もとい》。そうでしょうが。日照りがずっと続いては、村は危急存亡の秋《とき》となる。そこで、連綿と続いてきた雨乞いの出番となるのだがね。ここでも用いられる方法は、首切りでの。村の滝や池や沼に、馬あるいは牛の首を切って投げ込むというのが昔から変わらぬ作法」

祭りや縁日で客の足を止めて一歩も動かさぬ、熟練の香具師《やし》の流暢《りゅうちょう》なタンカバイの如く、調子に乗った外骨の言葉が続く。

「これらの雨乞いは、あちこちの村に現在も伝わっておる。そして、霊験あらたか、雨が降り始めた実例がいくつもな。巫女や行者などではない普通の農民が、こんな風に馬や牛の首を捧げておるんじゃ。

これが巫女や行者となったら、さて、どんな奇怪な現象を起こすことやら」

腹立たしげに、出久目が円了に訊《き》いた。

「井上博士、こんな話、どうも儂には、この男がいい加減なことをほざいているとしか思えん。そうではないのかね、え、博士」

「いやそれが、今の雨乞いの件は、私も耳にしているのです」

「はあ？　博士も？」

「ええ、私の記憶に誤りがなければ、和歌山県田辺《たなべ》町の近在の村では、今の話の通り滝まで出向き、その淵の棚岩の上に牛の首を置くと言います。

また、広島県のある村では、滝のそばの藤づるに、仔牛の首を吊るすそうだ。投げ込むという点に関しては、確かに、福島県会津《あいづ》の方の村では、その村の沼に牛の首を投げ込むらしい。しかし、それはそうなのだが、ただその……」

円了の声は途切れたが、出久目が顔を歪めて言った。

「そんな、牛の首をどうのこうのといった真似を、なんだまったく、汽車が走り汽船が通うというこの時代に。ただの無知蒙昧《もうまい》だ」

出久目の声など聞こえなかったかのごとく、外骨が円了に笑顔を向ける。

「さすがは円了博士、我が輩などとは脳みそが違いますな。我が輩も、博士の講演を聴いてみたくなりましたぞ。是非とも近いうちに、妖怪博士の深い学問に裏打ちされた――、おっと、いかんいかん、話を先に進めねばの。そうでありますとも、何しろこれまでは前置き、これから核心に入りますぞ。どうも我が輩のような劣悪な頭脳では、早くそうすればいいものを、ついつい余計な方に口が滑る」

「なんだと、これからが核心?」

出久目が外骨を睨んだ。

「ああ、そうなのじゃ。正直なところ、これからの話、我が輩もできるものならば口にしたくはない。いくらなんでも、あまりにおぞましくての。誇張ではないぞ。まるで、人外の魔境に踏み入ったかのごとき……」

出久目も円了も、黙って目を細め外骨を見つめた。

「先ほど我が輩は、巫女や行者が呪力の源泉として、髑髏を所持しておると言った。犬、猫、狐……と。それはそうであるのだが、実は、正確ではない。誤魔化したわけではないのだが、肝心な部分について口を噤《つぐ》んでおったのだ。

ああ、もう言わなくてはならんの。よろしいかな、髑髏の中には、人間の髑髏もあるんじゃよ」

「人間のだと?」絞り出すような出久目の声。「そんな馬鹿なことが——」

「ちっとも馬鹿な話ではない。犬や猫の首で呪力が得られるものならば、人の首であれば、さらに摩訶不思議な力が生ずる。そう考えるのは、理にかなっているではないか」

出久目はしかめた顔を円了に向けた。

「博士、いくらなんでも、儂には人の髑髏などと、とても真っ当な話とは信じられん。これは、でっち上げなのでは? 博士、ここはひとつ断固として、愚昧なでっち上げを打ちのめしてくれなくては」

「ええ、あまりにこれは」円了が一度かすかに唸る。「人間の頭蓋骨を所持するというような話は、さすがに私の耳には入ってはおりません」

「ええ、そうでしょう、でっち上げに決まっているんだ」肩を怒らした出久目が外骨を睨む。

「どうだ聞いたか、井上博士の言葉を。まったく、いけしゃあしゃあと」

勝ち誇ったその姿を、どこか憐れむような目で見て、外骨は高笑いを上げた。

そんな外骨の様子に、出久目も円了も、薄気味悪さを感じないではいられなかった。

「何が――、おい、何がおかしい」

掠《かす》れた声の出久目の問いに、外骨が何度も頷く。どうしても洩れてしまう笑い声を堪えながら。

「いや、いかんいかん、笑いすぎじゃ。しかし、こりゃあんたのせいだ。あんたが、あんまり面白いことを言うものだからの」

「なんだと、面白いだ?」

「あんた、この円了さんは、東京大学を首席で卒業して、文学博士なんじゃ」

「先刻承知だ、そんなこと」

「ほお、それなら、分かりそうなものだが。まあいい、説明しようかの。

何の首でもいい、そういうものを密かに所持し、そこから秘密の力を得て生活の手段とするような者たちは、博士のいる世界とは、あまりにかけ離れた境遇でな。それは分かると思うが。そんな者たちは、博士のような飛び切り立派な人間に対しては、決して打ち明けはせんよ。よいかの、自分たちの最奥の秘め事はな」

この外骨の言葉は、どうやら出久目にも合点がいったようだ。

「その点、我が輩などは、これといった学歴もないうえに、ありゃ二十二歳であったかな、もう監獄にぶち込まれている。どうかの、博士と正反対にいる者たちと同類ではないか。類は友を呼ぶ。そういう者たちは、相手が自分の友であるか否か直感で見抜けるぞ。つまりこの外骨には、普通なら固く閉ざす秘密も、胸を割って明かしてくれるわけでな」

出久目と円了が、口を噤み外骨を凝視する。

少しの間俯いて深く息をした外骨が、まじめな表情で口を開いた。

「呪力を得るために隠し持つ、人の髑髏についてなのじゃが、どのような人間でもいいというわけではない。こんな人間の頭なら、不可思議な力が発揮されるのは間違いなしと言える頭がある。それを、外法頭といっての」

「――外法頭」

円了が目を伏せて呟いた。

「ま、異常に大きな頭だな、あの福助人形みたいに。我が輩の頭も相当なものだと自負しておるが、これくらいは、まだまだ。それに、頭の上部がそんな呆れた大きさなのに、下の顎《あご》の方は、反対に極端に小さくなっている頭なら、こりゃもう申し分はない。

実はの、今回我が輩が呪いを頼んだ、摩訶不思議な力を持つ呪者は、この申し分のない髑髏を秘匿しておるのよ。いや、その外法頭があるからこそ、尋常ならざる力を得ていると言うべきか」

「本当に、そんな頭が――」唾をやっとのみ込み、出久目が幾分震える声で言った。「そんな頭の髑髏が、あるのか？」

「あるとも、大ありじゃ。そのうえ、密かに持ち続けるこの呪者の頭も、気味が悪いくらいの外法頭そのものでの。

いやこの呪者、気味が悪いのは、頭だけではない。その顔が、人間のものとは思えん。言葉は一応人の喋るものだが、顔といったら、どう見ても半分は猿……、今思い出しても肌に粟《あわ》を生ずるぞ。まったくありゃ、我々と同じ人間なのか」

外骨は一度腕を組んで黙り込み、首を傾《かし》げながらやっと口を開いた。

「そうそう、足音が聞こえんのも、どうも薄気味が悪い。少しも物音がせんのに、いつの間にか後ろに立っていたりして。それに、いっかな飲み食いはせん。我が輩の知る限りはな。どうやって生きておるのか。あ、いかん、また余計な話をしておった。

問題なのは、この人と猿が混《こん》じているような呪者が所持しておる、典型的といえる外法頭の髑髏についてじゃ。我が輩、口ばかりで済ませるような真似はせんぞ。まず、外法頭の髑髏は、生きている時にはどのような男であったのか、それをお見せしよう」

「なんだと、おい、それを見せるだと？」

出久目は、顔を歪めて上体を引いた。

外骨は静かに右手を懐《ふところ》に入れ、写真入りの小型の額縁を取り出すと、恭《うやうや》しく、出久目と円了が注視できるように卓の上に置いた。

出久目は恐る恐るといった恰好で、円了はレントゲン写真を見る医師のような態度で、視線をただその写真一点に。

二人とも、視線を逸らすことが出来なかった。初めて目にする、異様な人の頭の形だった。その特異な頭部の男が、楽天的な表情で口を開けて笑っている。それがどうにもチグハグで、何か得体の知れないものを目にしているのではという気にさせるのだ。

「それでは」円了が囁《ささや》く。「この人物の頭部が、髑髏になっているのですか?」

「いかにも、この外法頭あればこその、人知を超えた呪いなのですからな。

円了博士、我が輩この時を、そりゃあ待ち焦がれておりましたぞ。博士にお見せできるとは、いやまったくもって、あの呪者から託された甲斐があったというもんじゃ」

「え? 外骨さん、それは写真のことでなく、まさか……」

「はい、そのまさかを、お見せしましょう。呪者から預かったのは、この写真だけではありません。どうしても見て頂きたいのは、お分かりでしょうが、肝心のその外法頭でしての」

出久目の口から、かすかな呻くような声が洩れた。

座ったまま外骨が二人に背を向ける。外骨の後ろには、風呂敷に包まれた四角い物が置かれてあった。大きさは、嫌な言い方だが、ちょうど人の頭部が入るくらいだ。それを両手で丁寧に持ち、外骨が向き直る。出久目も円了も、その動きを凝視したまま、息を押し殺しているようだ。

外骨は写真の横にそっと置き、見つめる者の呼吸が苦しくなるほどゆっくりと、風呂敷を解いた。現れたのはガラスのケースであり、その中身に、出久目の目も円了の目もくぎ付けとなった。

写真は、あっけらかんと口を開けて笑う外法頭の男。その横に外骨の物語る、常人のものとは明らかに違う頭蓋骨、――外法頭の髑髏。出久目も円了も、頭部の眼窩《がんか》に吸い込まれるかのごとき感覚に囚われた。息苦しくなるほど凝視を続ける二人が、視線を眼窩から下に向けた時、あるいは同じ思いを持ったかもしれない。この髑髏は、笑っているのではないか……。

6

「さて、どう説明したらよいのかの。おおそうか、矢か――、そうじゃ、矢に例えればいいのかもしれん」

外骨の不可解な言葉に、出久目と円了は視線をガラスケースの中の髑髏から外し、外骨の顔を見た。

「今、矢と言ったか?」出久目がねめつけて声を出す。「なんの話だ?」

「あんた、呪いは効いていない、自分の体になんの影響もないと言ったではないか。こんな申し分のない外法頭がありながら、それは何故なのか。そのことを、どう話せば納得してもらえるのかと思っての。で、いい例えが浮かんだ。こりゃつまり、弓と矢なのじゃ」

「……?」

「あの人間離れのした呪者は、弓に矢をつがえて、ずっと引き絞っていたわけじゃな。その矢は、放たれてはいなかった。当然、あんたの体は元のまま。ところが」

外骨が言葉を切って、ガラスケースを見つめる。

苛立《いらだ》って出久目が言った。「おい、説明しろ。ところがとは、どういうことなんだ」

「よろしいか、この外法頭の髑髏、こういうものはの、決して他人には見せんものなのだ。深く秘して、命に代えても守るんじゃよ。

それが今回、何故我が輩に託したのか。それには、やむに已まれぬ理由があった。今度の異常な呪いは、実に難しいある事態が発生しなければ、呪いの力はその相手に及ばないという。矢をつがえて引き絞ったままの如くにな」

出久目の顔に不安そうな色が浮かび、円了の眉間にしわが刻まれた。

「いいかね、難しいある事態とは——、呪いの相手がこの髑髏と目を合わすことなんじゃよ。ほれあんたは、ずっと目を合わせていたではないか。これで、髑髏も満足に笑い、あの呪者も会心の笑みを浮かべているであろう。まさに、矢が放たれたわけだからな」

一瞬遠くを見るような眼差しになった後、出久目が口を開くと、その厚い唇は震えだした。声を出そうとするのだが、動転のあまり言葉にならないらしい。やっと出た声は、聞き取りにくいものだった。

「騙したな貴様。よくも、儂をここにおびき寄せて、そして、この外法頭を、目の前に——」

出久目はギクッとして言葉を切り、横の円了に顔を向けた。

それは、円了が前かがみになり、苦しげな唸り声を洩らし始めたからなのだ。出久目もかすかに胸苦しさを覚えだしたらしい。片手で胸を押さえながら、円了に声をかけた。

「博士、井上博士、どうしました？　どうしたんです？」

それに答えたのは外骨だった。

「いやあ、これはどうも、円了博士にも呪いの力が及んでしまったようじゃ。ああ、それはそうかもしれんの。呪いの相手の隣に位置していたため、奇怪な呪いの側杖《そばづえ》を食ってしまったのであろう。

しかし、円了博士、気を落としてはなりませんぞ。呪いの相手そのものとは違いますからな。そりゃ少しは、内臓に異常が生じたとしても、やがて治るはずです。命に係わるまでにはなりませんとも」

円了に顔を向けた外骨が大きく頷く。

「そういうものだと、我が輩、聞いておりますぞ。なにしろ、命を奪うところまで呪いの力が及ぶのは、博士ではなくて――」

次の唸り声は、出久目からだった。顔を歪め、胸を押さえて肩を上下させている。息をするのが辛いのか、嘔吐しそうなのを耐えているのか、声を出したいらしいのだが、唸り声にしかならない。

それでも、出久目はなんとか声を絞り出した。

「――これを、この呪いを、どうにかしてくれ……。呪いは、解けるよな？　な、金は出す、金は出すから」

「勿論、解くのは可能ですとも。我が輩、最初から言っておる、呪いが命まで奪うのは、あんたが生き方を改めない場合だとな。あんた次第なのじゃ」

「分かった、分かったから、これを、髑髏をしまってくれ」

「では、こうしたらどうかの。名の通った慈善家の中には、財産をつぎ込んで大きな家を建て、多くの窮民を収容し、衣食住すべてに心を砕いているまさに生き仏と言える人もおる。いくらなんでも、そりゃあんたには無理というもの。そこで、養育院や孤児院に、毎年相当の寄付をするのはどうかの。あんた、それで極楽に行けるかもしれんぞ」

「そうする、そうするから、外法頭を、早くのけてくれ」

「いいとも、ほれこうやって風呂敷に包んだだけで、もう苦しさも和らいでくるはずじゃ。これでよし、と。のちほど、あの呪者にきちんと呪いを解いてもらおう。それで、安心できるというもの。寄付の約束を、守ってくれさえすればですぞ」


（考えてみれば、不思議なもんだよねえ）

——え、何がですか？

（井上円了も柳田国男先生も、日本国中をそりゃあ広く旅をして回ったんだよ。だから、同じ光景を目にしたはずだ。しかし、そこから生まれた著作というものは、全く違った内容となったからねえ。

そうだ、あちこちを旅しての円了の巡回講演に関して、ちょっと面白い話があるよ。勝海舟《かつかいしゅう》が絡んでくるんだ。本田君、海舟の書というものが、日本中の様々な地方から見つかるという話を、聞いたことはないかね。蔵されているのは、旧家や資産家のところだがね）

——はい、実は私の伯父の家にもあるんです。確かに、相当辺鄙《へんぴ》な地方の家にもあるって話を聞いた覚えがあって。偽物が多いんですかね。

（あのね、こりゃ、円了が一役買っているんだよ。日本国中に配って歩いたのは、すなわち井上円了なのさ。海舟は、寄付をしてくれた人にお礼として渡すようにと、己《おのれ》の書を大量に円了へ与えたって経緯があってね。

これはどうも、勝海舟の名を広めることにもなってるじゃないか。なにしろ、名うての策謀家だからねえ。案外、海舟は心の奥の方では、円了を援助するというより、あ、いやいや、また脱線。でもまあ、脱線ついでにもう一つ聞いて欲しいね。こりゃ、君が目指す探偵小説にもつながるよ）

——ええ、是非、聞かせてください。

（ぼくァ、こう考えることがあるんだ。

化け物を見たという人が目の前に現れたとしよう。円了だったら、心理学や物理学等を援用して、化け物などではないと諭《さと》す。柳田先生は、化け物だと信じる人の心意を通じて、遠い先祖の魂にまで遡るだろう。前回の話に出た種田山頭火なら、ただあるがままを受け入れて、そしてやはり日本酒で一杯となるんだろうねえ。

それなら、外骨さんならどうするか。ぼくァ、きっと面白がると思うんだよ。化け物を見たという人を面白がる。その化け物の正体も面白がる。外骨さんには、既成の価値や道徳といったものは通用しないからねえ。探偵小説につながるのは、きっと円了の立場なんだろうけど、本田君どうかね、外骨さんみたいな気持ちで探偵小説を作るのは。いや、それじゃ探偵小説にならないのかな)

7

外骨から茶を淹れるのだけは上手いと言われた書生が、使いから帰ってきた。使いの報告をしようと障子を開けたが、目の前のあまりの光景に度肝を抜かれ、目を丸くして棒立ちとなった。

「先生、それ、それは、そのあまりに――」書生の声が裏返る。

寝転がった外骨が枕にしていたのは、書生にとって、そのような用途とするのには、あらゆる物の中で最も避けるべき物と思えたのだ。

「なんだ、これか?」

その姿勢のまま、外骨が答えた。

「先生、いえいくらなんでも、いけません。そういう物には、霊魂といったような――」

「馬鹿者、これは本物の髑髏ではない。わざわざ作ってもらったのじゃ。いくら放埒《ほうらつ》な我が輩でも、人の頭蓋骨を枕にはせんぞ。これはまあ、こういう形の枕を作ったと思えばいいではないか。いや、仕事のし過ぎで、どうも眠気が我慢できなくての」

「作り物ですか。でもなんで、そんな物を」

書生はブツブツ呟きながら、障子を閉めて頭を振りつつ離れていった。使いの報告も忘れて。

「それにしてもまさかこれが、あれほどの効果をもたらすとは、いやはや。予想外だったのは、円了さんの反応じゃ。博士の体に、あのような影響を及ぼすなどと、誰が予想できたか。実に奇体なもんだった、ありゃ」

外骨は言葉をそこで止め、目を閉じて思い返し始めた。

円了さんの異変には、正直、我が輩も暫時平静さを乱されたぞ。学識抜群の、あの井上円了博士なのだからな。そりゃあ、博士のあんな姿を出久目の奴が目にすれば、こんな好都合なことはない。それが奴の精神を昏迷させるのに、大きな梃子《てこ》となった。そんな事情に気付かず、同様に体の変調をきたすのは理の当然というもの。出久目のように悪事を重ねた男にはな。

少しも動かぬ外骨の長い唸り。

いやまったく、円了さん、うまい具合に気分が悪くなってくれて、こちらにとっては願ったり叶ったりというものだ。あんなに望み通りに事が運んだのは、円了さんが、待てよ。待て待て、ちょっとこれは――。

外骨は目を開けて声に出した。

「本当に、円了さんはあの時、体に変調が生じたのか……」

こりゃひょっとして、思案に余ることではないのか。そうじゃ、見たままを信じたのは、我が輩の浅慮だったのかもしれん。出久目の悪辣な噂は、当然博士の耳にも入っているはず。その人柄を思えば、出久目に味方するのではなく、奴に制裁を加えたくなっても何ら不思議はない。その目的を実現させるため、あの場面でああいう状況をつくるのは名案ではないか。

唸りながら、外骨は腕を組んだ。

あれなら、円了さんの胸中が出久目に対する制裁だなんて、感づかれるわけがない。奴も一点の疑いもなく信じたはずだ。突然自分の体調が悪くなった原因は、我が輩のこの頭の下の、外法頭の髑髏だと。

しかしどうも、博士の様子は、あまりに真に迫っていた。あるいは、そんな芝居をしようと気持ちを決めた途端、実際に体に異常をきたしたのか？　そんなことも、決してないとは言えんぞ。

深く溜め息をついて外骨が呟く。

「それにしてもじゃ、実際、我が輩が円了さんを騙したことには、変わりないからの。まったくのう、不肖外骨、とんでもない大嘘つきよ」

この世のどこに存在するというんじゃ、人とも猿ともつかぬ顔の呪者など。そんな嘘八百が、よくこの口からペラペラと出たものよ。本当に存在するものなら、我が輩、唐天竺《からてんじく》まで会いに行ってやるわ。

異相の顔に広がる、悪戯《いたずら》っぽい笑み。

待てよ、どうもいかんぞ、ああスラスラ出任せが果てもなく続くようでは。あるいは古今独歩の詐欺師になれる種を、秘めているのかもしれん。いやそれは、考え過ぎかの。おっとそれより、あんな人格者の円了博士に、大嘘をついた点じゃ。こりゃどうしても、死後は地獄行きと、間違いなく決定かの。

「地獄か……、ま、死んだ後のことまで気に病んでも始まらん。今はもう、どうにも眠くて、そうとも、眠れば、極、楽……」

外骨は外法頭の髑髏を枕に、安楽な表情で鼾《いびき》をかきだした。


「どこへ行くんだあ、そんなにフラフラ自転車こいで。酒呑んでんじゃねえべな」

そう声をかけられて、男は口を大きく開けて笑い、ちょっと危なっかしく自転車から降りた。口を開けて笑っている自転車の男は、外骨が出久目と円了に見せた、まさにあの写真の男である。

「酒なんざ、呑んじゃいねえ」

「はあ、酔ってるんじゃねえのか。そうか、じゃあその頭のせいだべ。なあ、それだけでっけえから、自転車の上で安定しねえんだな。それで、あんなにフラフラするんだべ」

「馬鹿言うな、なんでおらが、そんなにフラフラ——、おお、そうだ、あのなこの頭だって、人の役に立つことがあるんだ」

「人の役にだ？　ほんとか？」

「んだ、この前な、どうしてもおらの写真が欲しいってんで、わざわざ、写しに来たんだ。変わった名前の人の使いでなあ。変わった名前で、それが、ガイコツってんだ」

「ガイコツだあ？　それ、人の名前か？」

「そりゃそうだべよ。まあ、変わってんなあ。それでも、おらの写真が人助けになるって言うんだからよ。分からねえもんだ」

相手の男も、首をひねって大きな頭を見つめた。

「そんでな、謝礼ってやつを貰ってよ。だもんだから、その謝礼で、町へ行って銭使うんだ」

「その頭が、人助けに……。はあ、なんでかなあ」

「なんでか知らねえけどよ。ほいじゃあな」

外法頭の男は自転車に乗り、やはり傍目《はため》にはフラフラしながら去って行った。


（そうだ本田君、外法頭に関してね、別の使い方があるんだよ。それも話しておこうか。これもやっぱり、気味悪いものではあるんだがね）

――はい、毒を食らわば皿まで、話してください。

（おいおい、毒を食らわばッて、そりゃ言い過ぎだろう。ま、とにかく説明しよう。

外法頭の人物と生前に約束しておくんだが、その人物が寿命や病気で死ぬという間際に、首を切り落とすんだな。さて、その外法頭の首をどうするか。

これを、往来の多い道の土中に埋めておくんだ。一年間もね。問題は掘り出したあとなんだけど、髑髏《ずし》に付着した土を取って、それを捏《こ》ねて人形を作る。まあ、小指よりも小さいくらいかな。これを厨子に入れて所持していると、何事でも問うがままに教えてくれると伝えられていてねえ。

これを持っていた人たちの数も、少なくはないと思うんだ)
——どうも、かなり薄気味悪いです。あのう、ちょっと気になるんですが、それを所持する人が世の中からいなくなったとしても、その人形は……、つまりその、どこかに残っているかもしれませんね。
(そうそう、そこなんだよ。こういった類《たぐい》の人形は、見捨てられたりすると今度は逆に、幸を与えるどころか、凶悪な仕返しをする恐れがあるという言い伝えもあって。
嫌な予言みたいだが、誰も外法頭なんて口にしなくなったのちの世で、ごく普通の人が、なぜか突如、まがまがしい凶行に及んだとしよう。それがもし、見捨てられた例の人形が操ったものだとしたら、名探偵にも謎は解けないよねえ)
——中山さん、その種の怖い話は、私は苦手です。書きたいのは探偵小説で、怪談ではないんですから。
(おお、そうだった。外法頭なんて底気味悪い話を続けたせいで、ぼくの頭も、なんだか常軌を逸しそうだ、いかんいかん。
いや次回は、そんな背筋が寒くなるようなものを忘れさせてくれる、えらい別嬪《べっぴん》が登場するからね)
——あの、そうしますと、《明治文化探偵会》の話にですか?
(そうとも、明治を代表する別嬪が、会に出席するんだよ)

百物語

ちょうど後年の井上円了さんなどとは反対に、「私たちにもまだ本とうはわからぬのだ。気を付けていたら今に少しずつ、わかって来るかも知れぬ」と答えて、その代わりに……

——柳田国男『妖怪談義』

1

——中山さん、今日は、大変な別嬪《べっぴん》が出席した《明治文化探偵会》の話を聞けるんですね。一体、誰なのですか？　その別嬪というのは。

（いや、その前にね本田君、森鷗外《もりおうがい》について話したほうがいいと思うんだよ。そのほうが、ずっと分かり易くなるはずだ）

——鷗外？　なんだか、まったく予想もしていなかった名前です。民俗学に関した話題に、文豪、森鷗外の名が出てくるなんて。

（それがねえ、なにしろ鷗外の作品の一つが、まさに話題そのものなんだよ。鷗外の短編に、「百物語」という題の作品がある。知っているかね）

――「百物語」、はい、なんだか鷗外らしくない変わった題ですから、覚えてます。ただ、私が覚えているのは、題からしたら、きっと怪談の味が加わった興味深い話なんだと思ったのに、それが期待外れだったことなんですよ。異常な事件なんて何も起こらずに、これから面白くなりそうだというところで終わってしまったので、なんだか拍子抜けして。百物語の会の肝心な怪談話が始まる前に、出席した鷗外は、その会場から去っているんですよね。

小説もそこで終わり。中山さん、こんな筋立てが今回の話題なのですか？　どうやら今回はさすがに、常軌を逸したとか、過激さに啞然とするとか、そんな風にはなりにくいんじゃありませんか。

（いやいや、本田君、君がこの話に平静でいられたとしたら、ぼくァ、啞然とするしかないねえ。思い出すよ、あの日ぼくァ別嬪の姿に啞然とし、その別嬪の話に啞然とし――、いやいかん、順序立てて話そう。

先ず、「百物語」という作品は、実際にあった百物語の会に鷗外が自ら参加して、その体験を綴った内容だね。それは君も承知していると思うが）

――あ、はい、大体は記憶に残ってます。会を催したのは明治の有名な富豪で、アッ、そうだ、その富豪の愛人だったか妻だったか、一緒に会場にいた女性は、東京随一の美貌を謳《うた》われた芸者だったじゃないですか。じゃあ、もしかして、中山さんが別嬪と言うのは、この美貌の芸者のことですか？

（御明察、別嬪については、あとでたっぷりと語るよ。その前に、鷗外の「百物語」なんだがね。

鷗外は作品の中で、会を催した富豪と別嬪の名をちょっと変えている。まあでも、ここでは変えずに話そう。面倒がなくていいからね。それから、二人はのちに正式に結婚するんだ。
作品の最後の部分はね、覚えているかな、途中で帰ってしまった鷗外が、会に残っていた知り合いから、それから会がどうなったのか説明されるんだよ。富豪の清兵衛《せいべえ》と別嬪のぽん太《た》は、怪談が始まると間もなく、二人で二階に上がって蚊帳《かや》を吊ってねてしまった、と。そこで、鷗外はこう書いた。

　傍観者と云うものは、やはり多少人を馬鹿にしているに極《き》まっていはしないかと僕は思った。

だけどいいかい、知り合いは鷗外に、真実を伝えなかったんだ。いや、会場にいたその知り合いも、真実は見えていなかった）
——なんですって、じゃあ、その夜の百物語の会の終わりに、本当に化け物が出たとでも言うんですか？　だって百物語というのは、一つの怪談を話した後に一本ずつローソクを消して、用意した百本のローソクがすべて消えて真っ暗になった時に、化け物が現れると伝えられているんですよね。
まさか、本当に化け物が——、なんて話じゃないのでしょう？
（百の怪談が済んで、その会場がまったくの闇となると、そこに妖怪、あるいは何等かの怪異が生じると言われているよ。そして、実際にその夜、明治二十九（一八九六）年の夏の一夜、鷗外はそれを目にすることなく帰ったのだが、会の最後に、怪異は生じたんだ。しかし何故、鷗外は知り合いからそれを伝えられなかったのか。それにはちゃんとした理由があってね。

だけど考えてみると、会の最後に化け物が出現だなんて、迷信打破の井上円了なら、百物語の会に対して断固論難するだろうねえ。柳田先生は、そういう円了の立場とは逆の考えをお持ちだったし、ずいぶん早い時期からそれを表明されていたんだ。

明治三十年代の談話で「幽冥談」というのがあるんだが、円了に対する批判は、かなり強い語調だよ。こうなんだ、「僕は井上円了さんなどに対しては徹頭徹尾反対の意を表せざるを得ないのである。此頃妖怪学の講義などと云うものがあるが、妖怪の説明などは井上円了さんに始ったのではない」。

いやあ、柳田先生も、お若かったねえ

——中山さん、脱線です。柳田国男先生の円了批判については、別の機会に。それより、明治二十九年の百物語の夏の夜に、一体、何が起こったというんですか。

（おお、そうそう、その夜は——、先ず、鷗外が何を目にしてどう考えたのか、話そう。それらは皆、鷗外の作品「百物語」の中に記されているんだがね。

彼は会場に入る前に、まあ偶然にと言っていいんだが、物置の中で、等身大の幽霊の人形を見てしまうんだ。寄席の怪談会で使うような物と小説の中には書かれてある。つまり、会の最後にこの作り物の幽霊を登場させ、会場の人たちを驚かせるのだろうと彼は考えた。鷗外が途中で帰る気になったのは、こんな楽屋裏を覗いてしまったせいもあるだろうね。まあそれで、会の裏側すべてを承知したと信じたわけなのだが。こんなのを、千慮の一失とでも言うのかもしれないよ。それと、鷗外は会場に入り、清兵衛とぽん太の二人を目にして、こんな風に描写する。

この男の傍《そば》にこの女のいるのを、只何となく病人に看護婦が附いているように感じたのである。

この観察はさすがに鋭い。また鷗外は、ぽん太が怜悧《れいり》な女であることも見抜いた。まったく恐るべき観察力と言うしかない。文豪はこの夜の真相に一歩踏み込んでいるんだ。ああ、百物語の会の主役は、清兵衛ではなく、ぽん太だったんだからねえ)

――え？　ぽん太が、主役？

(そうとも、看護婦のように頼りになるぽん太が、心細がる清兵衛を励まし導いて――といったところだよ。だからぼくァ、文豪には、途中で帰らずに最後までいてくれたらなと思ってしまう。その夜の怪異が、文豪の目にどう映ったか……。

おお、そうそう、もう一つあった、この夜の主役が。これは、どうしても話しておかなくてはならないんだ。ゆかしい名がつけられていてね、《珊瑚《さんご》の涙》というんだが)

――あ、あの……、何ですかそれは？

(首飾りなんだよ。この説明には、やはり鹿鳴館の舞踏会について述べるのがいいかもしれない。舞踏会には、外国の要人も多数招待された。なにしろ、それが目的だからね。そんな鹿鳴館の舞踏会で、日本女性の花形を挙げるとなったら、必ず名前が出てくるのは、大山捨松《おおやますてまつ》・伊藤梅子《いとううめこ》なんだ。当然のことながら夫の存在が大きいし、二人とも英語で外国人と会話ができたからね。ただ、純粋に姿の美しさだけを言うなら、こりゃあね本田君、中野津《なかのつ》秋子《あきこ》を第一に挙げるべきなんだそうだよ。中野津家の子爵夫人、秋子。英語を使うなんて芸当はできなかったが、秋子の姿を見たさに鹿鳴館まで足を運ぶ外国人も少なくなかったらしい。この秋子が首にかけていたのが、《珊瑚の涙》だったんだ。

珊瑚をつないだものなんだけど、黒真珠が一つ付けられていてね。この黒真珠を固定している金属の形が、どうやら涙みたいに見えて)

――しかし、どうして、その《珊瑚の涙》が百物語の会の主役に？

(鹿鳴館での宴会や舞踏会が始まったのは、明治十六年の十一月。当時の日本を思えば、そこはまったくの別世界だったよねえ。そんなおとぎ話みたいな、現実からかけ離れた狂宴に非難が沸き起こって、鹿鳴館時代は数年で終わった。

まるでそれと呼応するかのように、秋子は病床に伏す身となってしまってね。美人薄命なのかねえ、秋子はそのまま、小さな娘を残して……。

秋子の死が、中野津家の没落の前兆だったのかもしれない。子爵家の家産は、目に見えて傾きだしたんだ。子爵は、家財を売ってしのぐしかなかった。そんな時、《珊瑚の涙》を桁外れの値で買いたいと申し出るものがあったら、そりゃあ子爵も、背に腹は替えられぬと手放すだろうねえ。

て）」

《珊瑚の涙》を子爵から買い取ったのは、清兵衛なんだよ。ぽん太の首にかけてやりたいと言っ

2

明治二十九年、蒸し暑い夏の一夜――。

百物語の会場のその広い部屋に詰めかけた客たちの間には、普通の会合とは異なる妙な緊張感が漂っていた。

妙な空気というのは、怪談が次々と披露される百物語の会だからというわけではない。今夜の会を催した清兵衛自身の、世上に広がるその身の上に関する噂話が影響しているのだ。清兵衛は一族から廃嫡《はいちゃく》で相続権も奪われ、否応《いやおう》なしに縁を切られるのだという。また、彼に残される不動産は、金に糸目をつけずに建てた玄鹿館《げんろくかん》という写真館一つのみという噂なのだが。

どうやらそれは事実らしいとの見方が大方だ。とすれば、今夜のような会場にも料理にも大金をかけた催しは、明治の紀伊国屋文左衛門《きのくにやぶんざえもん》と囃《はや》された清兵衛にとって、生涯最後の大盤振る舞いとなるではないか。

客のほとんどが、そう感じていただろう。今夜を境に、今紀文《いまきぶん》・鹿島《かしま》清兵衛の人生は、雪崩《なだれ》落ちるように転落へと向かう。一体、どこまで落ちてゆく行路が待っているのか……。

会場の隅で、初老の男二人が囁《ささや》き声で会話していた。

「となればですぞ、今度は、清兵衛さんが、《珊瑚の涙》を売って生活資金を得なけりゃなりませんな」

「さよう、当然そうなるでしょう。いや、それにしてもです、その因果の小車を目の当たりにすることになろうとは。どうも長生きというものは、思わぬものに出くわして」

「はい、嬉しいやら悲しいやら、寂しいやら。ま、何はともあれ、《珊瑚の涙》をかけたぽん太の姿は、今夜が最後ですぞ」

「まったく、そこですな。まあ、是非とも今夜は」

同じような会話は、他の客たちの間でも聞かれた。怪談が始まる前、寿司をつまみながら別の話題は、声を潜める気遣いもなく、これまでの清兵衛の豪遊ぶりが取り上げられた。実際、鹿島清兵衛の世人を唖然とさせた破天荒な振る舞いは、どんなに新聞の紙面をにぎわしただろうか。

百物語の会の前年、清兵衛はぽん太を連れて京都旅行をするのだが、この様子を報じた記事に、多くの読者は呆れ返った。列車一両を借り切って、それを大工に注文して御座敷列車にしてしまったのだ。

列車を改装するくらいだから、同行させた取り巻きも生半可ではない。列車の中で音曲を受け持つのは、名のある一流の面々、ぽん太のほかにも数人の新橋芸妓を帯同し、板前まで同乗させた。東京から京都へ行くのに、どれだけの金を蕩尽《とうじん》したのか。消費した金額に見合う喜びや楽しさは得られたのか。常人の頭では判断がつかない。

一族から縁を切られ、清兵衛に残されるのは写真館一つのみとの大方の見通しなのだが、普通の写真館と考えたら大間違いだ。この写真館に、清兵衛はエレベーターを設置させた。スタジオには、なんと回り舞台まで。

ぽん太に入れあげた清兵衛は、ぽん太のために築地《つきじ》に別荘を建て、世間では冗談だろうと思った人間も多かったのだが、そこに能舞台までつけたという。

このような常識の埒外《らちがい》と言うしかない今紀文の遊蕩話を並べていると、清兵衛を廃嫡する鹿島一族の思いというものも、もっとも至極と感じられてくる。いくら名うての富豪であっても、清兵衛のように遊蕩を続けていたなら、破滅に向かって転がり落ちるのは目に見えているではないか。

家というものを守るため、清兵衛と縁を切るしか道はなかったのだろう。

そんな事情が、百物語の会の客たちの頭にあったせいかもしれない。清兵衛とぽん太の服装は、客たちの目には意外に思うくらい何の奇もなく地味なものに映った。清兵衛が目立たぬ縞《しま》の単物《ひとえもの》に袴姿。ぽん太は、当時流行の紋織《もんおり》お召《めし》の単物で、帯と帯留めは人目を引かぬ物をあえて選んだかのようだ。髪は銀杏返《いちょうがえ》し。

そんなぽん太が笑顔もなく清兵衛に寄り添って座り、ときおり、清兵衛の顔に気づかわしげに目をやる。この様子を鷗外は、病人に看護婦が附いているよう――と表現した。

ぽん太はできるだけ地味に装ったのだろうが、彼女ほどの美貌となると、そんな装いもまたひときわ、美しさを増すことがあると見える。百物語の会という普通ではない場の せいだろうか。

あるいは、この今晩の会のあとは、ぽん太も清兵衛と共に栄華の世界から転落の道をたどるしかないのだとの、哀れみも加味された思いのせいだろうか。ぽん太の際立つ美しさに、何人の客が息を呑んだことだろう。そんな客たちが感じたのは、凄艶——だったかもしれない。

小説「百物語」の中で、鷗外は知り合いから、清兵衛とぽん太は、怪談が始まってしばらくすると二人とも二階へ上がったと聞かされるが、これは事実である。ただ、知り合いは、その後の展開について口を噤《つぐ》んだだけだ。虚偽を述べたわけではない。

清兵衛とぽん太が二階へ姿を消した時、初老の客の男二人は、顔を寄せて囁きあった。

「なんと、二階へ上がってしまいましたな。このまま降りてこなかったら、どうも興ざめというもんじゃありませんか。ねえ、《珊瑚の涙》を拝めないとは、この会の土産話《みやげばなし》をするにも、張り合いがないったらありません。鷗外さんは先に帰ったようだが、となると、先見の明というところですかな」

「いやいや、あたしゃ、そうは思いません。あの二人、今後の身の行く末を考えれば、この百物語の会、徒《あだ》や疎《おろそ》かには出来んはずですぞ。きっと再び、姿を見せますとも。そうでなけりゃなりません」

「成る程、道理ですな。では、その時にはぽん太の胸に、《珊瑚の涙》が」

「そうでなけりゃ、なりませんとも」

この初老の男二人の見込みなのか望みなのか、それは現実のものとなった。

——来た、おい、二人が、降りて来たぜ。

――来た来た、な、言った通りじゃねえか。

――いやまったく、こりゃ面白くなりそうだ。

会場がざわつき、そんな言葉があちこちで起こったのは、怪談もだいぶ進んで、百という数も近づいた頃である。

当然ながら、ローソクの灯も少数となり、会場は怪談にふさわしい薄闇となっていた。

薄闇ではあったとしても、会場の前方にいる者たちは、ぽん太の胸のあたりに目を留め、思わず声に出した。

――《珊瑚の涙》だ、ほらあれ。

――見ろ、ぽん太が、《珊瑚の涙》を。

清兵衛とぽん太は、前と同じ場所に、同じ姿勢で座を占めた。そこにはまた、前と同じように何か特別な空気が漂い始めて。いや、ローソクの灯はずっと減り、ぽん太の首に加わったものを思えば、客たちは、更なる得体の知れない戦《おのの》きを誘うような空気を感じたかもしれない。

怪談が一つ終わり、ローソクがまた一つ消える。

会場には、囁く声もまったく消えた。何も見えない完全な闇となる瞬間が近づく。誰もが、息を潜めているようだ。これから先、鹿島清兵衛が栄華から一転、破滅に向かってなす術《すべ》もなく落ちてゆくのは目に見えている。であるなら、百物語の会も無事に済むと考える方がおかしい。あるいは今夜の百物語の会と同時に、客たちの目前で、今紀文と呼ばれる男の身にとって、思いも寄らぬ変事が生ずるのではないか――。

そんな怖いもの見たさとでもいった心情でやって来た客も、決して少数ではなかった。

だから、最後の怪談が終わった時、息苦しさを覚えている者が何人もいた。

最後のローソクの灯の消えるのが少し遅れたのは、消そうとした男がなぜか震えだし、あせって手間取ったからだという。異様な雰囲気に包まれながら、最後に残ったローソクも、現世との繋《つな》がりが断たれるかの如くに消え、あたり一面、文目《あやめ》もわかぬ闇となる。

一呼吸、二呼吸、間があっただろうか。その部屋の客すべての者に、肝がひしがれるばかりの衝撃を与えたのは、女の悲鳴だった。

女の苦しげな声が続く。部屋にいる誰もが忽《たちま》ち覚ったに違いない。そして皆、息もできなかっただろう、悲鳴の主は、ぽん太だったと……。

「明かりだ！　早く、明かりを――」

「おい、マッチ、持ってるだろう、マッチだ！」

そんな声がいくつも上がり、ローソクの灯がともりだすと、部屋の中は再び、驚愕におおわれた。倒れて苦痛に耐えているようなぽん太の両手は背中へ。その両手には紐が巻きつき、それを清兵衛が懸命にほどこうとしているのだ。

どうにか紐を両手で取り上げ、清兵衛は言葉もなく、ぽん太に怪我がないようなので安心したのか、肩を落として深く息を吐きだした。

髪は乱れたものの、見たところ無事なぽん太の姿に客たちも安堵したのだが、清兵衛とぽん太の近くにいた者が、慌ただしく声を発した。

「無い、無いじゃありませんか！　ほら、《珊瑚の涙》が」

この声に、初老の二人の男は、顔を見合わせた。

「なんとこりゃ、煙小僧ですよ、ねえ、そうでしょう。《珊瑚の涙》なら、あの怪盗が狙うのは当然というもの」

「いやまったく、そうに違いありませんな。しかしそれにしても、まさかこんなことが、実際に目の前で起こるとは」

「あの紐を見りゃあね。ただそうは言っても、なんとこれだけの人がいる中で、ねえ。いやいや煙小僧はとても、我々と同じ人間とは思えませんぞ」

3

煙小僧とは、当時評判となった怪盗である。煙の如く、どこへでも忍び込み、いつの間にか消える。目だけを出した覆面をして、信じられないほどの素早い身のこなしは、何人もの目撃者がいるのだが、誰もその素顔を見た者はいない。

この怪盗は、名もなき庶民からは金品は奪わない。煙のように侵入するのは、誰もが羨む金満家、名の通った政治家、華族や人気役者といった家ばかりなのだ。それも煙小僧が庶民から持て囃される理由なのだが、もう一点、決して人を傷つけないことも、この怪盗を好意的に取り上げる新聞記事さえ見られる理由なのだろう。

人並外れた身軽さで知られる煙小僧は、神業《かみわざ》と呼ばれるほどの、余人には真似のできない手練も身につけていた。相手を押さえつけるには肝心なツボがあるらしく、たやすく相手を倒すと、目にも留まらぬ早さで両手をうしろに紐で縛ってしまうのだ。このようにして、これまでに何人かが煙小僧に両手を縛られていた。それらの人々も傷は負っていない。それどころか、煙小僧に縛られたというので世間の評判となり、ちょっとした有名人となってチヤホヤされたりするのだから、災い転じて——といったところだろうか。

百物語の会場で、初老の二人の男がすぐに煙小僧の名を口にしたのも、清兵衛が懸命にぽん太の紐をほどこうとしている姿からなのである。

いや、清兵衛のこの姿がなかったとしても、ぽん太の首から《珊瑚の涙》が消えているのを認めた者は忽ち、煙小僧の仕業だと感じたのかもしれない。実は、そんな噂も以前からあるにはあったのだ。

庶民から好感さえ持たれる怪盗が触手を伸ばすときには、宝石類の場合、値段もさることながら、その来歴というものを重視する節があった。政治家が暗殺された時に嵌めていた指輪、外国の女王の持ち物だった首飾り、また、大富豪の親族間で、相続の際に起きたそれを巡っての醜い争いが恰好の新聞種となった宝石箱……。そんな煙小僧の嗜好を思えば、《珊瑚の涙》が狙われても何の不思議もない。鹿鳴館一の美人・中野津秋子、そして、東京一の美人芸者・ぽん太の首を飾った《珊瑚の涙》なのだから。

だが、いくらなんでも、多くの客が集まる百物語の会場では、さすがの煙小僧も二の足を踏むだろうと、否定する意見の方が多数ではあった。

「鹿島屋さん、これは、煙小僧の仕業に違いありませんよ。すぐ警察に連絡して、みんながいるうちに、この会場を捜索してもらおうじゃありませんか」

前方の客の一人が、片膝立てになって言った。

その意見を支持する声が、あちこちから上がる。怪我人が一人も出ていないこともあって、動転した客たちも、一生に一度あるかないか、警察の捜査の現場に立ち会えるかもしれないと、ひそかな楽しみを感じ始めたようだ。なにしろ、煙小僧の捜査なのである。そんな経験が出来たなら、これから先、その話題で座談の主役になれるのは明らかではないか。

ところが、座ったまま一点を見つめて、静かだが意志のこもった声で答えた清兵衛に、会場は急に会話もざわめきもやみ、すべての視線が清兵衛へと注がれた。

「いえ、わたしは、警察に連絡するつもりは、まったくありません」

これが清兵衛の答えだった。静寂の中、客の一人が恐る恐る声を上げる。

「あの――鹿島屋さん、有名な《珊瑚の涙》が奪われたままじゃ」

この声にも、清兵衛は同じ姿勢のままで言った。

「煙小僧という盗賊は、まるで正体が知れないのは皆さんご存じのとおりです。顔も分からない。声も聞いた者がいない。盗みを働いた後、数度、巡邏中の警官から追われたことがあるというが、忽ち行方をくらましたと聞いている。

盗まれたものを煙小僧から取り戻したという話など、わたしの耳には一つも入ってはいない。皆さん、どうなのです、そんな例がこれまであったのですか。警察に連絡して、《珊瑚の涙》が取り戻してもらえると、本当に思えますか」

返せる言葉を持ち合わせている者は、客の中に一人もいなかった。清兵衛は一度うなだれてから言葉をつづけた。

「幸い、誰にも怪我はなかったようだ。それが、なによりです。《珊瑚の涙》はもちろん無念ではあっても、諦めるしかないでしょう。それより、わたしは――、先ず己《おのれ》の恥を申さねば」

清兵衛の深いため息。会場には囁き声も聞こえてはいない。

「皆さん先刻ご承知なのでしょうが、わたしのこれからの身の上に関して、色々と噂が出回っている。わたしと、ここにいるこの女とは、一蓮托生なのです。

何故、一族の内密の話がそうやすやすと洩れてしまうのか、不思議というしかないのだが、噂は大方は事実と認めざるを得ない。わたしはもう、今後このような会を催せる力はありません。それどころか、身を粉《こ》にして仕事をしなければ、日々の食い扶持《ぶち》にも事欠くようになるだろうと、一族の長老から通告を受けました」

驚きか哀れみか、あるいは、人の世の有為転変に対する嘆声だったか、部屋中に様々な声が満ちた。

「わたしもこの女も、覚悟しました。今晩のような集まりは、これが最後。これで、この百物語の会で、今紀文などと罰当たりな名をつけられた男は、死んだも同然、と。

実は、この会が終われば、《珊瑚の涙》は中野津家へ差し上げるつもりだった。こんなに世間の評判になっている首飾りは、本来あるべきところに戻し、それで、わたしもこの女も地道な生活に入ろうと考えていた。中野津家に返還できなくなったのは、確かに残念なのだが、致し方ない。

それよりも、仮に、警察にこの盗難を知らせた場合、新聞は今夜の百物語の会についてどんな記事を載せるでしょうか。煙小僧のまるで妖術でも使ったような仕業を中心にして、面白おかしい記事を出すとしか思えない。わたしが企図した今紀文の最後の会などということは全く度外視するのでしょう。鹿島清兵衛の名は、煙小僧の前にかき消されて。狙った《珊瑚の涙》を鮮やかに手に入れた怪盗煙小僧を目玉として取り上げ、世間の関心もそちらに向いたままではありませんか。

それが、わたしには、あまりに無念です」

何人もの客たちが頷いて同意を示す一方、腕を組んで考え込む者、一人でブツブツと呟く者、それに、隣同士で何事か熱心に話し合う客の姿もあった。

そのように些《いささ》か静寂が乱れた会場だったが、清兵衛が声を改め、姿勢を正して語りだすと、誰もが身を乗り出して耳を傾けた。

「警察に連絡したくないとわたしが思うのは、つまり、そこなのです。せっかくのこの百物語の会が、ただ煙小僧の名を一層高めるためだけになってしまうのでは、あまりに情けない。

《珊瑚の涙》については、わたしが諦めればいいだけの話です。ただ——、警察には知らせないとしても、今夜、これだけの皆さんに集まって頂いた。皆さんが、現に先ほど目の当たりにした出来事を、家でなり職場でなりお話しになれば、今晩のような怪事は瞬《また》く間に知れ渡る。新聞記者が嗅ぎまわることになるでしょう。

そこで、どうでしょうか、皆さん。この鹿島清兵衛の、一世一代の頼みを聞いてもらいたいのです。この煙小僧の一件は、見なかったことにして頂けないでしょうか。《珊瑚の涙》は奪われてはいない。百の怪談が終わって会場が闇となった後、当方が用意した幽霊が現れて、今夜の百物語の会は無事終了した、と」

会場がざわめきで満ち、熱気が一層濃くなるなか、町内の顔役と目される大兵《だいひょう》の男がのっそりと立ち上がり、大音声を響かせた。

「鹿島屋さん、実に面白い。儂《わし》は、その話に乗った。成る程、鹿島屋さんのお気持ちはよく分かる。せっかくこれだけの会を準備して、それが、あろうことか、まるっきり一人の盗人の評判を広めるだけの舞台にされたのでは、遺恨の晴らしようもなく、気病みにならんほうが不思議というもんだ。

さっきの煙小僧の一件はなかったことに——。こりゃ面白い。奴は、人間離れのした早業で、《珊瑚の涙》を消してしまった。それならこっちは、今晩の奴の存在自体を消してやろうではないか。我々の気持ちが揃えば、それは可能なのだからな。

新聞には、当然この百物語の会の記事が出るが、そこには煙小僧の名などいっさい触れられない。記事を見て、奴がどんな顔をするか。鹿島屋さん、あの煙小僧に拍子抜けの思いをさせてやれるとは、《珊瑚の涙》を盗られた無念晴らしになるのではありませんかな」

大兵の顔役の言葉に、会場のあちこちから賛同の声が上がる。

珍しく清兵衛はかすかな笑みを浮かべ、静かな声で言った。

「皆さん、このご恩は忘れません。それでは、用意した幽霊を出すとしましょう。見た目は恐ろしいでしょうが、その中には、色々な菓子が入っていますので、どうかごゆるりと。またお子様のお土産に、いかがでしょうか」

4

――これはもう中山さん、あんまり驚いて、言葉にならないほどです。鹿島清兵衛の百物語の会で、そんな途方もない出来事があったなんて。

鷗外が小説の中で、特に変事などは起こらなかったように書いた事情も分かりました。そうだったのですね、成る程、その場にいた客たちが清兵衛の意に沿って、煙小僧の一件はなかったということにしたわけか。鷗外も、その夜の真相は知らされなかった。それにしても、ただ啞然とするばかりです。

（いやいや、本田君、探偵小説家を目指している君が、この時点で、そう啞然としていちゃ困るよ。それに、下野新聞の記者としても、これで真相を摑んだと独り合点をするのも、ちょっとま

ずいと思うんだがねえ)

――え?　あの、どういうことですか?

(なにしろね、この話は、これから核心に入るのだから)

――これから核心?　あ、そうか、《明治文化探偵会》に関しては、まだ何も説明はありませんね。となると、ではそこで何か、隠れたままの怪異とでもいったものが、更に明かされるのですか?

(話が混乱するのを避けるため、《明治文化探偵会》について話す前に、いくつかの事実を知っておいて欲しいんだ。いいかい、百物語の会からしばらくして、ある日の朝、中野津家の家人が、居間の座卓の上に《珊瑚の涙》が置かれてあるのを目にしたんだよ。こりゃあ、肝を潰しただろうねえ)

――一体、どうなっているんですかね。やはりそれは、煙小僧が戻したわけですよね、本来の持ち主の家に。その真意はどういうことなのか分かりませんけども。

(その夜の出来事をぼくから聞いたから、君は、煙小僧の仕業だと考える。だけど、世間ではそうならないよ。そもそも、百物語の会の夜に盗まれたとの話は、伝わってはいないのだからね。それを承知しているのは、会場にいた少数の人たちだけだ。

では、世間ではどう考えたか。実に興味深いのだが、これこそ、百物語によって引き起こされた怪異だと語り合ったようなんだよ。つまり、何か不可思議な力が働き、《珊瑚の涙》はひとりでに中野津家に舞い戻ったに違いない、とね)

——そんな、いくらなんでも。

（世間はそういう話を、好むからねえ。菅原道真《すがわらのみちざね》の梅ノ木の話だってそうじゃないか。梅ノ木が主人の道真を追って、左遷された先まで飛んで行ったというんだから、これはスケールが大きい。京都から九州までとは、遙かな道程だよ。

そんな有名人の話でなくとも、民俗学の分野でも例はいくつもあってね。前に話したオシラサマ、覚えてるかな、とにかく謎を秘めたオシラサマだから、似たような話が伝わっている。祀《まつ》っていたオシラサマがあまりに霊妙な力を示すものだから、空恐ろしくなってしまい川に捨てたところ、なんと逆流して戻ってきたというのもあったじゃないか。オシラサマに関しては、同様な経験をした人が複数いるそうだ。

それに、恵比寿や大黒の福神についても、そんな話があるよ。昔、福神の像をうまく盗み出せば、金持ちになれるとか願いが叶うなどという言い伝えがあったんだ。それで、ご利益がありそうな像が盗まれる。盗まれた方では、仕方なしに新たに像を造ってもらう。ところが、盗まれた像は不思議な力で元の所に戻り、二体の福神が並ぶ結果に。ま、そんな話だね。こりゃなんといっても神様の像だから、不思議な力という説明も、当時の人たちは皆納得したんじゃないのかな）

——あの、中山さん、どうも脱線が続いているようで。

（いかん、そうそう、中野津家に突然《珊瑚の涙》が出現しただろう。それで、百物語の会に最後まで残っていた人たちだけは、その話を聞き煙小僧の善行だと考え、密かにこの怪盗を称えたようだねえ。なにしろ、その頃も中野津家は、まだ財政は苦しかったみたいなんだよ。

でも中野津家では、その戻された《珊瑚の涙》を清兵衛に返そうとしたんだ。しかし清兵衛は受け取らなかった。百物語の会が終われば中野津家に渡すつもりだった、と言って。その後、《珊瑚の涙》はどうなったのかねえ。それはぼくも知らない。百物語の会の件を考えれば、首飾りの価値はさらに高まったはずだ。換金して財政を立て直す足しにしたか、それとも、亡き秋子の娘、まだ少女だったけどその子のために、秘蔵しようと決めたか……)

——えーと、では、《明治文化探偵会》の話の前に確認しておきたいんですけど、鹿島清兵衛の百物語の会の晩に《珊瑚の涙》は煙小僧に盗まれ、その首飾りは後日、中野津家に出現した。この経緯には、何も問題はないのですね。

(おお本田君、それこそ核心を突く質問だよ。うん、脱線しないよう簡潔に答えよう。中野津家に出現した《珊瑚の涙》については、問題なし。正真正銘のものだ。だけど、いいかい、百物語の会の晩、ぽん太の首にかけられ客たちの目に晒されたものには、大いに問題あり。さあここなんだ、それは、たまげたことに模造品でね。偽物の《珊瑚の涙》だった)

——ちょっと、ちょっと待ってください。だって、中野津家で見つかったのは、本物の《珊瑚の涙》なんですよね。

でも、百物語の晩に盗まれたのは偽物だなんて……。なんだか、頭がおかしくなりそうですよ。一体、どうなっているんですか。

(そりゃそうだろう、ぼくだって《明治文化探偵会》でぽん太から説明を聞いて、頭が暫くしびれたよ。当然その時は、もうぽん太などという芸者の名ではないんだが、ここでは、ぽん太で勘弁してもらおう。

　ぽん太から話を聞いたのは、大正十三（一九二四）年の暮れ。その年の十月に、清兵衛が亡くなったんだよ。夫を失い、ぽん太は百物語の晩の真相を、外骨さんに話しておこうと決意したわけなんだがね。思い出すよ、ぼくァ胸に沁みたなあ。

　今紀文などと呼ばれた男が、世知辛い浮世の風をまともに受ける日々の暮らしを始めてから、外骨さんと交渉が始まり、それが一つの生きる支えになったみたいだよ。ぼくも、《明治文化探偵会》のお陰で、ぽん太のような美人の打ち明け話を、しんみりと聞く果報に恵まれた。いやあ、所帯やつれは確かにあるんだが、でもねえ、それがなんだか、あの美しさに言い知れぬ深みを加えて……）

5

「あんたもなあ、苦労が絶えなかったじゃろう。その細腕で、よくこんな頼りがいなき世の、時には一家の命すべてをさらってしまう荒波にも耐えて生き抜いたもんだと、我が輩、感服しますぞ。一時は、江戸の昔のお姫様のごとく、どんな我が儘も聞いてもらえたあんたが、一日の食費にさえ気を遣うようになるとはの。

まったくのところ、清兵衛さんは王侯のような暮らしから、まっしぐらに、日々の糧《かて》を必死に得なければならない身の上に陥った。世間じゃ勝手なことを言っておったの。あんたは清兵衛さんから離れて、九州の炭鉱王、あるいは新潟の大地主と一緒になるんじゃないか、などと。それに、大きな銀行の持ち主があんたを望んだという話もあったかの」

「外骨さん、もう遠い昔の話ですもの、そんなこともあったのかもしれませんけど、思い出せないくらい、おぼろになってしまいました。

あたし最初から、主人に生涯ついて参るつもりでしたから、そんなお話が耳に入っても、少しも気には留めませんでしたわ。それに、主人の栄耀栄華《ええようえいが》がずっと続くなんて、思ってはいませんでした。あたし、心の奥の方では願っていましたもの。主人が落ち目になった時、あたしたち、きっと本当の夫婦になれるって」

「いや、その言葉、当今の浮ついた女どもに聞かせてやりたいものよ。モガだのモボだのと言いおって、我が輩、癇癪を抑えられん折もあるぞ。

当時、世間の者たちは、あんたが不遇となった清兵衛さんからずっと離れんもんだから、大分不思議がっておったが、いや我が輩は分かっておりましたぞ。あんたと清兵衛さんは金輪際《こんりんざい》、露ほどの嘘偽りもない夫婦だと。不肖外骨、この目に狂いはない」

「主人はね、外骨さんの御本を読むのを、暮らしの中でそれは楽しみにしていました。芸者や芸人を呼んで派手な宴会をするよりも、ずっと楽しいって。

ですから、冗談ではなく、あんな気のふれたみたいな生活ではなく、貧乏をするようになって却ってよかったんだって、そんな話を主人としておりました」

「なんと、しんみりとさせる話じゃ。清兵衛さんは誠に幸せな男だと、我が輩、つくづく思う。それはの、あんたという伴侶を得たからでな。

清兵衛さんも、間違いなく一角《ひとかど》の男であった。ただの大金持ちから困窮の境涯へ転落した男とは断じて違う。ただの男が、不遇な生活の中で笛の名手となり、それで家計を支えるなどという離れ技ができるものか」

「え？　鹿島清兵衛さんが、笛の名手？」

「おや、太郎さんは、その話を知らなかったかね。清兵衛さんが笛を始めたのは、なんと、借家住まいになってからだよ。あれは、森田流といったかな。その家元の弟子となって、秘されていた才能が開花、免許皆伝となったわけだ。

能楽が好きな人間なら、清兵衛さんがどれほどの笛の名手か、よく知っていると思う。まあ、こりゃ民俗学とは無縁だから、こういった方面に太郎さんが無案内なのも当然だがね。

そんなことを言うと、太郎さんは、何か民俗学と引っ掛かりを見つけて、喋りだしてしまうかもしれんな。そうなってはまずいの。なにしろこの中山太郎さんは、喋りはじめると止まらんし、必ず脱線する。太郎さん、ここはひとつ、控えてもらいましょう。なにしろこれから肝心な、そんなに可笑《おか》しいですかな」

「いや外骨さん、まったくもう、真剣な顔でそんなことを言うからですよ。委細承知、ぼくは口を噤んでいましょう」

「話好きの太郎さんがそれを守れるかどうか、我が輩、いささか心配ではあるが、ま、信用するとして。あんた、話の腰を折って済まんかったの。さ、我が輩も太郎さんも、あんたの話を聞きたくて堪《たま》らないのじゃから」

「ええ、あの、今のお話の笛の件についてなのですけど、それが、主人の死にもつながっておりまして」

「ほお、笛が、清兵衛さんの死に？」

「はい、昨年、今思い出しても胸が苦しくなる、あの恐ろしい大震災がありました。東京は、大地震の後に火災も加わって、お二人ともよくご存じでしょうが、まるで地獄のような有様《ありさま》になって……。それでも、震災後の復興の中、お能の伝統も継続させようと、色々な方のご努力で公演も徐々に開始されました。

そしてありがたいことに、囃し方の笛には主人の名を出して頂いたのです。主人の胸にも、東京の復興のため、そしてお能の存続のためという強い思いがあったのでしょう。でも、東京は方方が建設の途中、能舞台は肌を刺すような吹きさらしでした。体の調子の悪いのを押して出演した主人は、どうやらそれが祟《たた》って病みつくと、もう床から起き上がるのも叶わなくなり、それからは、どんなお薬も甲斐なくて」

「なんと、それが、かつては今紀文と言われた清兵衛さんの、名残《なごり》の姿じゃったか。あんたは辛かろうが、しかし思えば、笛の名手と謳われた清兵衛さんとしては、本望だったのかもしれん。潔《いさぎよ》い男の見事な最期の姿ではないか。我が輩、感服する」

「外骨さん、あたし、寝返りも打てずに床に就いている主人に言ったのです。あの話を、外骨さんに打ち明けましょう——って。主人は、笑って頷きました」

「はて、あの話?」

「これまで、誰にも話したことはありません。でも、主人とあたしの間では、あの話と言えば通じるのです。当時、新聞の記事にもなりました。夏の夜の百物語の会、森鷗外さんも途中まではおられて」

「おお、あの会の後、しばらくしてから何かと奇怪な噂が、我が輩の耳にも入ったの。百の怪談が終わって闇になると、煙小僧が現れただの、《珊瑚の涙》が消えてしまっただの、そうかと思えば、それが元の持ち主、中野津家に忽然《こつぜん》と現れたなどという世評もあったはずじゃ。

いくつかそのような話が出たものの、当夜のほとんどの客、そしてなにより、会を催した清兵衛さんが会は手筈《てはず》通りに終了したと言うものだから、奇怪な噂も、噂のままで終わってしまったはず。だが、いまだ表には出ていない話があると?」

「その夜の出来事を、すべてお話しいたします。ねえ、外骨さん、先ほどおっしゃいましたね、この集まりを、《明治文化探偵会》と名付けたって。ええ、あたしがこれからお話しすること、探偵会という名にふさわしいのかもしれません」

「そりゃ嬉しいが、まあ《明治文化探偵会》の名は、半分洒落《しゃれ》で付けたまで。ただ、我が輩と太郎さんが、勝手なことをあれこれと喋るだけでな。

今日は、我が輩も太郎さんも、あんたの話の聞き役に回りましょう。なんの遠慮もいらんよ。

表沙汰にできない話なら、我が輩と太郎さんは口をとざして、冥土まで持って行くまでじゃからの」

6

「どうしてお金って、人の心をあんなに変えてしまうんでしょうねえ。主人が鹿島大尽とか今紀文とか呼ばれていた頃には、まわりにはいつも、命も投げ出すというようなことを口に出す人たちが、そりゃたくさん。でも、主人が一族から縁を切られたと噂が流れたとたん、波がスーッと引いていったみたいに、もう誰も寄り付かなくなってしまいましたもの。

主人もあたしも、ちっとも変わってはいないのに……そんな人たちは、主人とあたしを相手にしていたのじゃなく、主人のお金に引き寄せられていたのでしょうかねえ」

「まったくの、そういう時こそ、人間の本性というか、その人間がどれほどの器か、白日の下に晒されるという次第じゃよ。

我が輩もそうではないかと感じておったが、やはり清兵衛さんもあんたも、一族からの廃嫡に、特に慌てふためくこともなかったわけだの」

「あの、こんな言い方で分かって頂けるかどうか。世間からは、主人は正気をなくして遊蕩を続けたと言われましたけど、そんな自分自身をあの人は、醒めた目で見つめていたような感じだったのです。突然潤沢な財産を取り上げられて、つましい暮らしを強いられるのも一興と、その程度の心持ちではなかったでしょうか。あたしは、なんだか安堵いたしました。まわりでうるさく騒ぎ立てられることもない、主人と二人だけの、静かな暮らしにやっと入れると思って。負け惜しみなんかじゃありません。

主人はね、もう大勢を招いての宴など開けなくなるのだから、そんな生活との別れの記念に、百物語の会でも催してみるかと、あたしに言ったんですよ。そして、会が終わったら、《珊瑚の涙》は中野津家にお返ししようって。ええ、もちろん、あたしもその言葉を聞いて嬉しく感じました。

それで、家の金庫を開けてみました。ちょっとその首飾りを、手に取ってみたくなって。すると、金庫の中には、《珊瑚の涙》がなかったのです」

「それはあんた、では、百物語の会が開かれる前に、《珊瑚の涙》は盗まれていたと？」

「いえそれが、主人もあたしも最初は、盗まれたなんてまったく思わなかったんです。あたしは、指輪や簪《かんざし》を金庫にしまっておくわけじゃありません。ただ、あの首飾りだけは特別でしたから。それだけは、大事にしなくちゃという思いがあって。それでも、金庫から出す折は何度もありました。家に来たお客様が見たいとおっしゃれば、主人もあたしも、いつでもお見せしました。あたしがいない時に、主人がお見せしたこともあったでしょう。ですから、金庫にしまうのを忘れて、家の中のどこかにあるって考えるのが普通じゃありませんか。

あたしは家じゅうを、それはもう、何度も探してみました。でも結局、見つからなくて。《珊瑚の涙》は、本当になくなっていたんです」

「となると、その時は、煙小僧が犯人だと、断言はできんかったわけじゃ」

「そうなのです。主人と二人で、煙小僧の仕業なのかもしれないと、話し合ってはみたものの……。主人はね、こうなっては仕方がない、百物語の会の時に説明することにしようと言ったんですよ。どうやら煙小僧に盗まれたらしいと明かそうって。でもあたし、それはいけないって思いました」

「ほお、それは何故」

「だって、鹿島一族の中に、それはもう猜疑心《さいぎしん》の強い人がいるんですもの。主人から、めぼしい物は全部取り上げるつもりだったんですから。言葉だけで《珊瑚の涙》は盗まれましたなんて言っても、それは密かに隠す企みだろうと邪推するに決まっています。

外骨さん、このあたしの心配は、杞憂じゃありません。それが証拠に、悔しいじゃありませんか、主人は、精魂を込めた写真館の玄鹿館まで取り上げられてしまったのですから。

鹿島一族にとって、あの写真館一つのあるなしが、どんな痛痒だったというのでしょう。主人にはあれがあれば、地道に写真で生活できましたのに」

「成る程、あんたの読みは正しかったじゃろう。いやしかし、百物語の会を利用してどのように親族を納得させるか、あんたが思案したわけか」

「はい、あたし一生懸命に考えました。百物語の会場で、《珊瑚の涙》が煙小僧に盗まれる。そしてその場面を、会場のお客様たちに見てもらうのがいい。勿論、一族の中の誰かもそこに招待するのです。百物語の席って、そんなことが起こるのに恰好の場ですよね。だってみんな、どんな怪異が現れるのか待ち構えているんですもの」

「まったくもって、《明治文化探偵会》に持って来いの話になってきたの」

「まずは主人に話して、《珊瑚の涙》の模造品を作ってもらいました。これを作った職人から、秘密が洩れる心配はありません。主人に恩義を感じていて、ほんとに純朴な義俠心のある人なのです。

この模造品は、だいたい形が似ていればそれで大丈夫と、あたしは思いました。もちろん、珊瑚も黒真珠も必要なくて。だって、百物語の会場って、怪談一つが終わるたびにどんどん暗くなっていくじゃありませんか。ですから、充分に暗くなってから、あたしが首飾りをかけている姿を見せれば、疑う人なんていやしません。

主人とあたしは、怪談が始まると、しばらくして二階へ上がりました。再び二人で階下へ降りたのは、半分以上のローソクが消えた後。あたしは、偽物の《珊瑚の涙》を首にかけました」

「恐れ入谷《いりや》の鬼子母神《きしもじん》じゃ、そんな場面で、あんたの首にかかっているのが偽物だなどと考える人間はおるまいな。鹿島大尽の百物語の会で、首飾りをかけておるのは、東京で、いや日本で一番名の知られた芸者であってはの。いや、その場にいたかったと悔やまれる」

「不思議なものですよ、外骨さん。いつもとは違う、ああいうローソクの灯で、かすかに照らされた雰囲気のせいなのでしょうかねえ。あたし、自分のかけている首飾りが模造品だなんて、少しも感じなくなって。これは本物の《珊瑚の涙》に違いないって気にさせられました。

それに、百の物語が終わった後に何か怪異が起こるだろうと、誰もが望んでいますでしょう。そう思うと、あたし、その怪異を自分が演じるのも、ちっとも心細くはなかったのです。それどころか、なんだかちょっと嬉しいような」

「いやいや、こりゃ我が輩も、あんたには降参じゃ。しかし、あんたはそうでも、清兵衛さんは、緊張して体がうまく動くかどうか、心配だったのではないかな」

「はい、最初のうちは少し心配な様子が見えて。あたし、そんな主人の顔を時々見つめて、心の中で主人を元気づけていました」

「おお、確か、鷗外の『百物語』の中に、そんな記述があったように記憶しておるぞ。あれは、『僕の頭には、又病人と看護婦と云う印象が浮んで来た』、そうそう、そんな箇所があったの」

「主人も怪談が百に近づくにつれて、肝が据わってきたように、あたし感じました。気持ちさえ落ち着けば、もう心配はありません。だってあたしは、そりゃあもう、必死になってお稽古をしましたもの。主人はただ、あたしの両手の紐を、ちょっとの間いじっているだけでいいのですから。あたしは何回も何回も稽古をして、疑う人なんて決していないって確信できるくらいになっていました」

「稽古？　あんた、どんな稽古を？」

「《珊瑚の涙》を盗んだのは煙小僧だと思われなくちゃいけません。そう思ってもらうのにあたしが考えたのは、煙小僧のまるで神業のような、瞬く間に人を後ろ手に縛ってしまう技でした。首にかけた《珊瑚の涙》が消えて、倒れたあたしが後ろ手に縛られていれば、皆さん、煙小僧の仕業だと思うじゃありませんか」

「まあ、そりゃそうじゃが、しかしあんた、そんなに素早く後ろ手に縛るなどということは、いくら稽古をしても難しいじゃろう」

「外骨さんたら、本当に縛る必要なんてありませんよ。そう見えればいいんですから。真っ暗な中での、あたしの悲鳴、百の怪談が終わった直後の異様な空気、明かりがついても皆動転していて、ちゃんとまわりが見える人なんていやしません」

「成る程、そりゃ道理。いや太郎さん、本当に肝っ玉が太いのは、どうやら女の方かもしれんの」

「すべてのローソクが消えて闇になったと同時に、あたしは、偽の《珊瑚の涙》を懐《ふところ》に入れ、紐を取り出してその場に横になります。そして、悲鳴を上げながら、後ろ手で紐を両手に巻けばいいんです。それは、縛るんじゃありませんよ。ただ、くるくる何回か巻いてあれば。

それに、ちょっと明るくなったら、主人がすぐに、あたしの両手の紐に手を伸ばして、必死にほどく恰好をしますでしょう。紐が正確にはどうなっていたのか、誰も分かりゃしませんもの、ねえ」

「こりゃ、《明治文化探偵会》で、何か賞を授与したいくらいじゃ。いや、我が輩がその場にいたとしても、その目くらまし、見抜けたとは思えんよ」

「そのあと、部屋の中の誰かが、警察に知らせようと言ってくれました。そんな声が上がるのも、主人とあたしが予期した通りだったのです。それに対しての主人の言葉は、それはもう、惚れ直してしまうくらい立派でした」

「ま、いいじゃろ、惚気《のろけ》を聞かされるくらいは、こちらも覚悟の上。成る程そういうことだったか、東京一の芸者が、百物語の席で独り芝居の妖しい芸を披露して、次に清兵衛さんが、今紀文としての名残のあいさつをしたわけだ」

「はい、百物語の会の新聞記事が煙小僧一色になってしまうのでは、会を開いた甲斐がない。《珊瑚の涙》はあたしたちが諦め、皆が心を一つにすれば、煙小僧など現れなかったことにできる。最後の頼みを聞いてほしい。

主人の言葉に皆の気持ちが揃って、それで逆に、煙小僧が現れて《珊瑚の涙》を盗んだのだと、願い通りに会場の人たちは信じたのです」

「いや誠に我が輩、その百物語の会場にいたかったという思いが、ますます強くなる。その夜の煙小僧の鮮やかな盗みの手口、それで煙小僧は、伝説の怪盗となったと言えるのではないかな。なんとそれが、清兵衛さんとあんたとの企みであったとは……。

それにしてもじゃ、その後、中野津家に本物の《珊瑚の涙》が出現したとはの。清兵衛さんもあんたも、びっくり仰天というところであったろう」

「それはもう、主人と顔を見合わせて、言葉も出ませんでした。ただそれで、うちから《珊瑚の涙》を盗んだのはやっぱり煙小僧だったと、主人と話し合ったのです。

だって、中野津家にあの首飾りを返すなんて、煙小僧くらいしか考えられませんもの」

「それは我が輩も賛成じゃ。煙小僧なりの計算があったものと思う。中野津家も、なにかと家計が苦しかったようだからのう。そうすることで、煙小僧に対して義賊といった好意的な見方が生じようし、その夜の人間離れのした盗みが、後世まで伝説の如く語り継がれるわけでの。《明治文化探偵会》に、実にふさわしい奇譚ではないか。それにしても、清兵衛さんの笛を、じっくりと聴いてみたかったという気持ちが込み上げてきたぞ。のう、太郎さん、どうかね、何か聞いてみたいことはないかな」

「いやあ、ぼくァどうしたわけか、もうしんみりとした思いに胸がいっぱいで。ただ、差し支えないのなら、一つ、たった一つだけ、お聞きしたい。鹿島清兵衛さんの、最後の言葉なのです。清兵衛さんは今生《こんじょう》の別れに、なんと?」

「はい、主人はね、布団の中からやっと手を出して、ぽん太、と。

あたし、その手を握って、清兵衛さんって答えました。主人もあたしも、涙が止まらなくなって」

「おお、これは如何《いか》なこと。太郎さん、太郎さんまでそこで涙を流すとは。いや、そんなしおしい面があったとはの。何?　我が輩の目にも?　いやいや、馬鹿なことを言っちゃいかん。違う違う、なんで我が輩が、とんでもない。不肖外骨が、涙など……」

7

——本当に驚きました。鷗外の短編「百物語」の裏側に、作者鷗外の知らないそんな事実が隠されていたなんて。

秘密が明かされた《明治文化探偵会》の場に、なんだか私もいたような気になりました。その時のぽん太の姿が、中山さんの目には焼き付いているんですね。

(生涯消えることはないだろうね。なにしろそれが、ぽん太を見た最後となったのだから)

——え? それが最後?

(そうなんだよ、それから半年も経たずに、ぽん太はこの世を去った。まだ四十代でねえ。まるで、清兵衛のあとを追ったみたいじゃないか、一生連れ添うと決めた相手を。だからね、ぼくにはあの時の印象が、より強烈なんだ)

——そうでしたか、そのあと、ぽん太は鹿島清兵衛のあとを追うように。

それにしても、鷗外の「百物語」の中でのぽん太の描写は、的確だったんですね。その夜の百物語の会は、ぽん太が主導していたのですから。残念ながら鷗外は、物置で作り物の幽霊を見てしまったこともあり、途中で帰っています。どうだったでしょうね、鷗外が最後まで残り、闇となってからの奇怪な《珊瑚の涙》盗難の場面に遭遇していたら。文豪鷗外は、煙小僧なんて現れはしなかったのだという真相に、迫れたのかどうか。

（ぼくも鷗外には残っていて欲しかったけど、ただ本田君、いくら鷗外でも、真相を摑むのは無理だったような気がするねえ。でもあるいは、そうだなあ、それが乱歩《らんぽ》君だったら――、おや、どうしたね、そんな顔をして）

――今、中山さん、なんと言いました？

（なんと？　何がだね）

――確かに今、乱歩君と聞こえましたが。

（ああ、言ったよ、乱歩君と）

――それって、江戸川《えどがわ》乱歩なんですね。

（そうだよ）

――どうして急に、そこで乱歩の名が出て来たんですか、ねえ中山さん。

（おお、次回はね、《明治文化探偵会》に乱歩君が登場するんだよ。外骨さんと以前から交流があったものだからね。浮世絵の関係じゃなかったかな。

外骨さんは、乱歩君の謎を解く能力を高く買っていたんだ。ぼくも思い知らされたよ、乱歩君の能力を。乱歩君は今、どうしているんだろうねえ。空襲の惨禍からは逃れただろうと信じているんだ。しかし、敗戦からまだ一年くらいだもの、無事でいてくれるとよいが。どうしているのか）

――中山さん、池袋《いけぶくろ》の乱歩の家は、幸運にも焼け残ったんです。ですから、終戦から数カ月で自宅に戻れました。

あれ、ご存じないんですか、今、探偵小説は隆盛に向かっているんですよ。探偵雑誌『宝石』が創刊され、探偵作家の集まりである土曜会が始まり、その中心にいるのが、ほかでもない江戸川乱歩なんですから。

(いや、さすが、下野新聞の記者だねえ。そんなに詳しく状況を把握しているとは、どうも恐れ入ったよ)

――いえ、これは下野新聞とは関係なくて。私が探偵小説に関しては、ずっと乱歩に傾倒しているからなんです。いつか、なんとか乱歩の足元にでも近づけるような一作をと、かねがね胸の奥では、あ、そんな脱線をしている場合じゃありません。

なんだか興奮してきました。じゃあ、次回は《明治文化探偵会》に乱歩が出席。もう、本当に待ち遠しいです。中山さんは、江戸川乱歩を乱歩君だなんて。それじゃあ、その時乱歩と、色々語り合ったのですか。それで次回は、一体どんな事件が起こるんですか。やっぱりじゃあそれを、乱歩が解き明かすんですか。

(本田君、あのね、少し冷静になりなさい。頼むよ、ぼくァ頭がしびれてきたよ)

――はい、すみません。でもやっぱり、ものすごく待ち遠しいです、中山先生。

(先生はやめなさい)

秘薬

屍体の或る部分が呪力を有し、または薬剤として特に効があると考えた民俗も、かなり大昔から行われたことである。勿論これには容易に手に入れることが出来ぬと云う点に、多くの俗信が繫《つな》がれていたことも見のがす訳には往かぬが、とにかくこうした事実のあったことは疑う余地はない。

――中山太郎「屍体と民俗」

1

――とうとう、この日がやってきましたね、中山さん。ゆうべはなんだか興奮してしまって、なかなか寝付けなくて。それも当然です、まさか、《明治文化探偵会》に江戸川乱歩が出席したなんて、まったく。それで、明治の何か不可解な事件に関して、乱歩があの特異な推理を展開するわけですよね。本当にワクワクします。

（本田君ねえ、まあ、心を静めなけりゃ駄目だよ。今回は何と言おうか、複雑怪奇、妖気充満、いや、まるで異世界とつながっているような話でね。冷静を保たないと、訳の分からない渦の中に巻き込まれてしまうかもしれないんだから）

――はい、承知しました。全神経を集中します。あの、乱歩が出席した《明治文化探偵会》において、どんなことが話し合われたのですか。

（ああ、山田《やまだ》浅《あさ》右《え》衛門《もん》に関した事件なんだが）

――山田浅右衛門、確か、罪人の処刑、打ち首を担当した、首切り浅右衛門のことですよね。

（そうなんだ。明治になってからも、十年以上この日本刀による処刑方法が続いたのは知っているね）

――あのう、詳しくは。

（そうか、じゃあ、浅右衛門についても、ちょっと話しておこうか。山田家では，歌舞伎役者の家みたいに、第何代浅右衛門としてこの名を継いでいてね。今回問題となるのは、第八代浅右衛門の弟なんだよ。やはり浅右衛門として首切りの任に当たっていた。裏八代、などと呼ばれていたらしい。この人物が、まあ凄腕でねえ。どうやら、本物の八代より腕が立ったようだ。そうそう、こんな話を聞いた覚えがあるよ。

ある日、浅右衛門が町中を歩いていると、向こうから馬車がかなりの速度でやって来た。浅右衛門は危険を感じて道の端に寄ったけれど、馬車がすぐそこまで迫ったところで、何が原因だったか小さな子供が飛び出してきたんだ。その場にいた人たちは、誰もが馬車とぶつかると思ったようだが、浅右衛門が素早く子供を抱きとめてくれてね。その子は無事だったものの、なんと、浅右衛門の肩が馬車に当たり、片腕が上がらなくなった。この事故の翌日に、大事な首切りの仕事が控えていたというのにだよ。さて、浅右衛門はどうしたのか。代わりの首切り役を探すとか、日延べを願うとか、ひと騒動ありそうなものじゃないか。だが、彼は何もしなかった。平気な顔でいつも通りに出向いてね。そして、片手で見事に首を落としたそうだ。

　こんな凄腕の浅右衛門がだね、本田君、高橋《たかはし》お伝《でん》の処刑の際、なかなか首を落とせなくて、ひどい失態だったと伝えられているんだよ。なんだか変だよねえ）

——高橋お伝って、あの、芝居になるほど有名な、毒婦とか妖婦なんて言われている女ですよね。

（ああ、その毒婦が処刑されたのが、明治十二（一八七九）年。お伝に関しては、何かと不可解な話がまといついているんだがね。今も、お伝の体の一部分が、アルコール漬けの標本となって残されているなんてのも、考えてみればおかしな話だよ。どうしてそれが、当然のことみたいに話されたり記されたりしてきたものか）

——聞いたことがあります。えーと、あの、その体の一部分というのは、まあつまり、女性の秘所……。

（まったくねえ、変な話だよ、どうして女囚の陰部をねえ。東大の法医学関係の施設に保管されてるみたいだけど。いや本田君、不可解というか、なんだか悪夢のような話は、これから始まるんだがね。本当に、《明治文化探偵会》に乱歩君が出席してくれてよかった。外骨さんとぼくだけじゃ、迷宮の中から出られなかったかもしれないんだから。今言った、処刑の際の不手際の話やアルコール漬けの標本の件などには、真相に近づいた外骨さんも首をひねっていたんだ。それに乱歩君は、歌舞伎狂言作者の重要な役割も推察したなあ）

——中山さん、悪夢のような話がこれからなんて、一体、何があったのですか。それは、高橋お伝にまつわる何か隠された謎が？

（お伝という女は、そりゃあもう、男を迷わす妖婦だったそうだ。美形であるのは当然として、一つ、ちょっと奇妙な点があってね。年齢は三十歳近いのに、その肌艶《はだつや》や体形など、どう見ても娘のようだというんだよ。まあそんなところから、奇怪な噂が流れたんだろうねえ。お伝は、不老長寿の女ではないのか、と）

——えっ、不老長寿ですか？　いくらなんでも。

（まったく、そう言いたくなるよねえ。まるで、明治の八百比丘尼《はっぴゃくびくに》だ。本田君も、八百比丘尼の名を聞いたことはあるだろう。なにしろ、面白くて有名な話だもの。この面妖な比丘尼の伝説は、まあ中心は若狭《わかさ》なんだけど、東北から九州まで各地に実際に見たという話が残されていてねえ。

こういう言い伝えって、不思議なくらい人気があるんだ。不老とか異常な長生きとかね。この比丘尼ときたら源平の合戦の頃から生きているから、そんな体験談も後世の人々に伝わったそうだよ。各地の言い伝えは色々だけど、共通しているのは姿かたちは娘のようだという点と、不老長寿になった原因は人魚の肉を食べたからということかな）

——あの、中山さん、ちょっと脱線気味かと。

（おお、お伝の話に戻ろう。でもね本田君、人魚の肉を食べたという点は重要だよ。それで、お伝については、まだ怪しい話があるんだ。どうもね処刑の後、お伝の死体が一時行方不明になったなんて噂もあって。実際のところ、この妖婦にはいやに様々な尋常ならざる出来事がつきまとっているじゃないか。死体の消失——これは、浅右衛門にとっては大問題だよ。首切りのあとの

死体、こりゃ、浅右衛門の大事な収入源なんだからねえ）

——は、収入源？

（君はこういう、些《いささ》か気味の悪い話を聞いてないかな。首切りのあとの死体から、浅右衛門は生《いき》肝《ぎも》を取り出していた。それを、まあ丸薬にするんだけどね）

——そうでした、思い出しました。でも、それが本当に薬になったんでしょうか。処刑された死体からの生肝なんて……。

（きっと効いたんだろうねえ、そりゃあ皆が欲しがったそうだから。うん、肺病の薬なんだけど。そして生肝とは、肝臓、あるいは胆嚢《たんのう》などといわれている。そもそも昔から、人の体の臓器や肉は、普通の薬が効かない場合の、特効薬と考えられてきたんだよ。そういう例はいくつもあって。どうもぼくァ、こういった類《たぐい》の話は苦手なんだが、素通りもできないので、ちょっと披露しよう。

いいかい、生血を強壮剤として使用なんてのは、まだ穏やかな方だ。生殖器を治すために脳髄を食する例がある。もっと気味が悪いのは、梅毒の薬として生首を黒焼きにすることかな。明治三十年代に、当時大変な騒ぎとなった、野口《のぐちお》男三郎《さぶろう》事件というのがあってね。これは、薬として使うために少年を殺害したんだ。尻の肉をえぐり取ってねえ。いや、もうやめよう。飯が食えなくなるよ。

嫌な話をしてしまったのは許してくれたまえ。でも、お伝の事件は、そういう事柄が深くかかわっているんだ。ほら、八百比丘尼は人魚の肉を食べただろう。となると、今となっては馬鹿馬鹿しいんだけど、お伝の肉を食することが出来たなら、自分も不老長寿の身になれるのではないかといった妄想が、明治初期の人間の頭に生じても、あながち荒唐無稽とも言えないな」

――いくらなんでも、根も葉もない虚説ですよね、中山さん。

（人の心というものは、どこまで狂気の世界に沈潜するものなんだろうねえ。《明治文化探偵会》で乱歩君に指摘されなけりゃ、思い至らなかっただろう。そんな不老長寿なんて問題がなくても、お伝の事件は充分すぎるほど世間の注目を集めたのに。なにしろ、河竹黙阿弥《かわたけもくあみ》はすぐにお伝を題材に歌舞伎の台本を書き上げたからね。

それにしてもだ、乱歩君の推理の件が加わると、どうもあまりに不気味な色が濃くなって、ぼくなんか怖気《おぞけ》をふるうよ。本田君はこんな気味悪い話を、いつか探偵小説にするのかい）

――いえ、あのう私も、怪談じみた内容は実は苦手でして。子供の頃、怖い話を聞いたあとは、一人で便所に行けなかったのですから。あ、そうか、黙阿弥、あの黙阿弥がお伝の台本を書いたんですね。それなら、私は探偵小説に陽気で変な黙阿弥を登場させて、なんとか気味悪い雰囲気をうすめられるよう工夫してみます。実際は黙阿弥がどんな人なのか、まったく知りませんけど。

2

「山田様、なにとぞ、お願いでございます。どうか、高橋お伝のキモを、手前どものほうにお譲りください。これは、些少ながら手付金でありまして、首尾よく頂戴できました暁には、それはもう」

富豪の評判高い、牙彫《げぼり》の輸出商寿屋《ことぶきや》の支配人坂上《さかがみ》は、いやな笑い声とともに、頭を上下させながら両手を擦《す》った。

高価そうな洋服を身に着けているが、様になっているとは言えない。それでも、今を時めく輸出商としては、洋服姿こそふさわしいと考えているのであろう。牙彫とは、象牙を材料とした彫刻である。当時、木彫は振るわなかったものの、牙彫は全盛であった。特に欧米で大人気なのだ。面白いほど儲かったのは間違いない。

洋服など一度も着たためしのない山田浅右衛門は、端然と坂上に対していたが、黙ってかすかに眉を上げた。

泥坊の肝っ玉で喰う浅右衛門。そんな川柳があるほど、首を落としたのち、その罪人の死骸からキモを取り、乾燥あるいは黒焼きにして薬を作るのが、首切りを生業《なりわい》とする浅右衛門の裏稼業として巷間《こうかん》に伝わっていた。この薬の名が、山田丸、浅山丸、あるいは人胆丸。徳川幕府が倒れ、文明開化の明治の世となっても、この諸外国に知られては体面に関わるであろう仕来りは、そのまま続いた。斬首が廃止となったのは、明治十五年である。

キモから作った薬を、浅右衛門が個人個人に販売していたわけではない。薬種商へ渡すのが通常だった。労咳《ろうがい》——肺病に偉効があったという。新しいもののほうが効果があると信じ、わざわざ、浅右衛門のもとを訪れる者もないではなかったが、誰それのキモが欲しいなどと、特定の個人のものを要求した例は皆無だった。しかも、豪商寿屋の支配人坂上は、それに法外な対価を払おうとしている。

「このお望みは——」浅右衛門は静かな口調で言った。「寿屋のご主人からの、ということでありましょうか」

「はい、勿論でございます。主人は、それはもう是が非でもという意気込みでして」

「それでは、お気の毒にもご本人、あるいはご家族の方が、労咳で悩んでおられると？」

「は、いえ、それはその——」坂上は浅右衛門から目をそらした。「まあ、それはつまり、こちらのお薬は労咳だけではなく、万病に効き目があるとの世評でございますから、主人の考えております用途は、手前は、えー、まあなんと申しましょうか、詳しくは存じませんので」

「そうでありますか。些《ち》と、困りましたな」

浅右衛門は両膝の上にぴたりと手を据え、やや俯《うつむ》いて瞑想したのち、言葉をつづけた。

「実を申しますと、高橋お伝に関しては、処刑後、その遺骸に手を触れてはならぬとの達しがありましてな。

ですから、当然ながらお伝については、なす術《すべ》もありませぬ。しかし、ご主人が、何かの病でひどくご心痛という事情であれば、某《それがし》、薬種商とは懇意にしておりますので、そちらへ口添えもできると思うのですが」

坂上は不意を食ったように、口を開けて浅右衛門を見つめたが、考え込むごとく伏し目になると、その表情は、疑い深そうなものに変わった。

「これはこれは、その、なんと申しましょうか、腑に落ちないお話で。高橋お伝からは、キモを取ってはならぬとは、どうも合点がいきませんが、はあ」

坂上は狡猾《こうかつ》さを含んだ眼差しで、上目づかいに浅右衛門に目を遣った。

「それは、その、失礼ではございますが、山田様、もしや、手前ども以外に他からお伝のキモを所望されていて、そちらのほうが、大金を申し出ているという内情なのでは？　それでしたら、主人と相談をいたしまして、必ずより以上の代金を――」

「坂上殿」

微塵も姿勢をくずさず、低い声ではあったものの、そこには、瞬時に相手を拉《ひし》ぐ力がこもっていた。坂上の顔色が変わる。

「は、はい……」

「某、駆け引きで値を上げるような真似はいたしませぬ。お伝の件は真《まこと》の話。どうか、そのようにご主人へ」

「これは、どうもとんだ失礼を――。で、お伝のキモが入手できないとなりますと、これはもう、手前には方途がつきません。では早速、主人に報告せねばなりませんので、これで、おいとまを」

寿屋の支配人坂上は、もつれるような歩みで、あたふたと帰って行った。

坂上の帰った後、浅右衛門の部屋に、吉羽俊三《よしばしゆんぞう》が姿を見せた。

俊三は、住み込みの首切り修業の弟子である。ただ、俊三自身、首切りなどという職業が、この先長くは存続しないだろうと認識していた。なにしろ、廃刀令が出たのが明治九年。それなのに、未だに日本刀での首切りが処刑の方法とは、誰が考えてもおかしな話ではないか。

俊三の親も親戚も、刀とは縁を切り、早く新時代に合った仕事を探すようにと何度も意見をしている。俊三もそれは百も承知。承知はしていても、俊三は浅右衛門の人柄に感服し、とにかく浅右衛門の仕事が続くうちは、この家に身を置こうと決めていたのだ。浅右衛門も、他の仕事に就けるよう口をきくと言ってはみたのだが、俊三の決意の固さを知って、今ではもう好きにさせている。

徳川の時代なら、十人をこえる弟子がいたものだ。首切りだけでなく、御様《おためし》御用の仕事も受け持っていた。将軍家や大名家の日本刀の斬れ味をためすのだ。これはどうしても、実際に人の体を斬らなくては分からないことだという。

これまでも浅右衛門の家には、通いの弟子もいれば住み込みの弟子もいた。青竹を藁《わら》で巻き、それを棒杭に結び付け、多くの弟子たちが掛け声とともに切断する稽古を日がな一日つづけるのだ。簡単そうに思えるが、斬れるようになるだけでも、早くて一年、人によっては二年もかかったと言われている。

今の浅右衛門の屋敷に、勿論、もうそんな光景は見られない。

俊三のほかに、家にはもう一人、下男の留吉がいる。食事や掃除などは、お道が通いで世話をしてくれていた。お道は大工の息子夫婦の家におり、浅右衛門からの給金が家計をかなり助けているのだ。天気の荒れたりした時は通うのも苦労だろうと、実はお道の部屋も用意してあるのだが、お道はどれほどの大雨大風であっても、浅右衛門の家に泊まろうとはしない。お道は信じているのだ、夜になれば——、浅右衛門に首を斬られた数多《あまた》の罪人たちの死霊が、この世に残した怨みを晴らそうと漂い寄って来る、と。

お道がそう思うのには、世間の評判が深く影響しているだろう。

浅右衛門の家では、夜通し灯明をともし続けるのが習いである。そして浅右衛門も灯明の前からいっかな動かず、夜が白むまで寝につこうとしない。ここから、山田浅右衛門は首の妖怪どもに己《おの》が寝首をかかれない用心に、夜は眠らないようにしているとの、忌まわしい噂が世間に広まったのだ。

当然ながら、そばにいる俊三は承知していた。浅右衛門の夜ごとの姿は、ただひたすら、自分の手で首を落とした死刑囚の菩提を弔いたいためなのだという、その心根を。

留吉も、浅右衛門の胸の内は充分わかっている。それでも夜間は、どうしても薄気味が悪いらしい。毎夜、布団の中に頭まですっぽりともぐり、なんの物音も届かないようにして寝入っていた。

「先生、寿屋の支配人とのお話、耳に入ってしまったのですが」俊三は怪訝《けげん》そうな顔で言った。「どうにも、奇妙な申し出のように思われます」

浅右衛門がわずかに苦笑して、ちいさく頷く。

「まれに、奇天烈《きてれつ》な客があるからの。ま、それも、こちらの生業にまつわる因果。仕方あるまい。そうそう、おのれのキモの前金を払ってくれと、やって来た盗人もいたのう」

「え？　前金を？」

「通り名が広く知られた盗人だった。その男が言うには、どうも近く挙げられそうな気がしてならない。捕まれば打ち首だろう。そうなれば、キモを取られる。自分は仲間内でも肝っ玉が太いので名代《なだい》なのだから、さぞかし大きく見事なキモで、儲けも並のキモよりはずっと多いはずだ。だから、その一部を前金として貰いたい、とな。

たしか、そんな理屈だったの。珍妙な理屈だったが、筋が通ってないでもない。で、その盗人の言うとおり、前金を渡したわけだが」

「お渡しになったのですか。よくそのような……。それで、実際、先生によって斬首となったのでしょうか」

「男の言うとおり、ほどなく捕縛、打ち首となった。ただし、最後まで男には告げなかったが、肝っ玉が太いというのと、キモの大きさは関わりがない。その盗人は自分のキモの大きさが必ずや目を見張らせると思い込んだまま、絶命したであろうの」

「そんな盗人がいたのですか。どうも大胆とも不埒《ふらち》とも、ただ呆れて、先生それより高橋お伝の件でお話があるのです」

俊三は両肩に力を入れた。

「希代の毒婦、あるいは、妖婦と喧伝されているお伝ですが、それは、美貌で男を籠絡して、ついには残虐な手口で命まで奪ったという、尋常ではない犯行のせいでしょう。逮捕のきっかけとなったのは、古着商の吉蔵殺しで、カミソリを凶器としたものでした。明白な証拠はないにしても、そのほかにも何人も殺害した男がいるようです。そのように、捕まった当初は、誰もが認める美貌とあまりにそぐわない非道な犯行という点にのみ、世間の耳目が集まっていました。

ですけど、先生、処刑の日が近づくにつれ、なんというか、どうにも奇っ怪な噂が流れているのをご存じですか」

「これはまた、奇っ怪な噂とな。それは一体、どのような？」

「はい、不老長寿とか、不老不死といった……」

俊三は一度唇を固く結んで俯いたのち、思い切ったごとく口を開いた。

「この文明開化の時代に、あまりに蒙昧《もうまい》の感がぬぐえないのですが、高橋お伝は、年を取るということのない、不老長寿の女ではないのかとの噂なのです。三百歳をこえたらしい武内宿禰《たけうちのすくね》の話は聞いた覚えがあるものの、まさか明治のこの時代に、あの毒婦のお伝が、なんと不老長寿とか不老不死の女だなんて」

「ほお、これはまた、高橋お伝が不老長寿と」

「お伝の年齢は、じきに三十というのが確かなところだと言われています。ところが先生、噂によると、お伝の容貌はどう見ても、十代の生娘のようだというじゃありませんか。誰が目にしたのかは分かりませんが、手足の肌にも衰えはまったくなく、髪の艶も娘盛りのようだと。

ですから、出始めたのでしょう、高橋お伝という女は、我々と異なる不老長寿の体の持ち主なのだとの噂が」

「世間は、いつの世も口さがないもの」浅右衛門がちいさく頷く。

「先生、寿屋とのお話が耳に入った時、私はこの奇っ怪な噂を思い浮かべたのです。実は噂に関しては、途方もない風説が密かにささやかれていまして。そんなお伝のキモを食したならば、同じく不老長寿の力を得られるに違いない、と」

「なんと面妖な。どうやら、お伝の処刑は、ただでは済みそうもないの」

「はあ、実のところ、不吉なことが起こりそうなと言いますか、不安な思いが消えません。それで先生、そんな世間の噂を考えますと、つまり、寿屋が名指しで高橋お伝のキモを入手したがるのは、労咳などの病とは無関係に、不老長寿の薬としてそのキモを用いたいのではないでしょうか。

病を治したいとの願いなら、足を向けるのは、医師、薬種商、あるいは祈禱《きとうし》師の元でしょう。寿屋は、法外な礼金を提示したようですね。仮に、お伝のキモが不老長寿などという、神怪な効き目を秘めた薬となるのが本当なら、法外な礼金も納得できると思うのですが」

「成る程、それは道理というもの。それにしても、不老長寿とはあまりに荒唐無稽な」

浅右衛門は腕を組み、瞑目した。

3

「こりゃあ、へいまったく、滅法界に面黒いねえ、お師匠。その色香に迷わせて、命まで頂戴しようという太《ふて》え別嬪《べっぴん》が、崑崙山《こんろんさん》の西王母《せいおうぼ》よろしく不老不死の現身《うつしみ》とは、ヨッ、お釈迦様でもってなもんですぜ」

浅右衛門から話を聞いた歌舞伎狂言作者の黙阿弥は、芝居がかって煙管《きせる》を構えた。

本所《ほんじょ》の黙阿弥の家である。もっとも、黙阿弥というのは引退後の号であり、この時はまだ二世河竹新七《しんしち》を名乗っているのだが。

この黙阿弥、生い立ちにしても暮らし向きにしても、浅右衛門とは正反対と言えるかもしれない。なにしろ、柳橋《やなぎばし》で遊びほうけているところを見つかり勘当されたのは、十四歳という少年の時だった。

生まれは、大家の商家。しかも長男でありながら、勘当ゆえに貸本屋の手代となり自活の道を歩むのだが、この早熟の異才は、転んでもただは起きない。ここで黙阿弥は、雑書や軟派本を耽読するのだ。黙阿弥自身意識していたのかどうか、これが歌舞伎作者としての素地となる。

浅右衛門は、首切り浅右衛門と呼ばれ、泣く子も黙る死刑執行人。黙阿弥は、歌舞伎界の巨星とも言える台本作者。まるで違う世界に生きる二人なのだが、不思議なことに馬が合った。黙阿弥のほうからもしばしばほろ酔いで浅右衛門の家を訪れ、与太を飛ばして、留吉やお道を笑い転げさせたりしているのである。

興に乗り、些か話を針小棒大にする気味はあるものの、黙阿弥の博覧強記には浅右衛門も舌を巻いている。真率に、浅右衛門は尋ねた。

「それにしても、河竹殿、まことに不老長寿などというものが、この世に存するものでありましようか」

黙阿弥は答える前に、膝元の茶碗を取り、嬉しげに一口飲んだ。中身は酒である。

「お師匠、憚《はばか》りながら、あたしの愚作に、『人間万事金世中《にんげんばんじかねのよのなか》』というもんがありやす。今の世の中は、金さえありゃ何でも手に入ると思う奴らであふれちゃいるが、いくら金を積んでも、おいそれとは得られないのが、不老不死・不老長寿などという有難涙の一件でしょう。ですからね、まあそんな滅法有難い話は、書物の中に詳しく記されて伝わってまして、へい」

また嬉しげに茶碗を傾ける黙阿弥。

「八百比丘尼——。どうです、豪勢なもんじゃありませんか、八百歳まで生きた女だっていうんですから、ねえ。室町幕府の頃に、若狭から京都に出てきて評判になったと書いた本もありますし、そうではなくて、八百歳で若狭の地に没したのだという話もありますがね。なんでも、人魚の肉を食ってそんな途方もねえ長寿になったそうですよ。あたしゃ、自分が食ってみたいとまでは言いませんが、一度でいいから拝んでみたいじゃありませんか、その人魚ってやつを。

それと、九郎判官義経《くろうはんがんよしつね》の家来、常陸坊海尊《ひたちぼうかいそん》。この海尊が、江戸時代になっても生きていたなんてね、林羅山《はやしらざん》という偉い学者までが書いてまして、へい。

驚くのは、お師匠、家康から家光まで三代にわたって仕えた、あの慈眼大師の天海《てんかい》が、若い頃に海尊から長寿の秘訣を学んだなんて、大べらぼうなことを吐《ぬ》かしましてね。それにしちゃあ、あの和尚《おしょう》、長生きしたとは言っても、百歳とちょっとばかりですぜ。天海も、いやさ、小せぇ小せぇ」

黙阿弥は脂下《やにさ》がって一服すると、気持ちよさそうに煙をくゆらせた。

「天海僧正の実在は、疑いをはさむ余地がないとしても、しかし」思案顔で浅右衛門が言った。「たとい、書物にその記録が残っているとは承知しても、数百歳の長寿というのは、やはり、にわかには信じられん」

「そりゃあそうでしょうがね、お師匠。それでもまあ、そんな人間が、この世のどこかには居るんだろうって信じたほうが、世知辛い浮世もちっとは乙なもんだって気になるかもしれませんぜ、ねえ。

それに、西鶴《さいかく》、あたしらにとっちゃあ大先達の井原《いはら》西鶴も、こんなことを言ってます。『人は化け物、世に無い物は無し』とね。ま、あたしは、化け物よりも、人の方がおっかねえと思っちゃいますがね、お師匠。

おっと、こりゃいけねえ、お師匠に化け物や幽霊の話をするのは、おこがましいにも程があるってもんだ。あたしゃ、睨んでいるんですよ。お師匠は夜通し、幽霊の相手をしてやって成仏させてやるために、床にもつかねえんだと。まったく、夜ごと命を削るようなもんじゃありませんか」

黙阿弥は真顔で浅右衛門を見た。困ったように浅右衛門が俯く。そっと煙管を置き、一つ唸ったあと、黙阿弥は言った。

「いえね、お師匠、あたしも、ご承知の通りの地獄耳だ。高橋お伝と不老長寿を絡ませる噂は、先刻、耳に入っていましたよ。お伝はとんだ別嬪だって評判ですから、そんな女が、美人薄命とは真逆の不老長寿とは、こいつァ景気のいい乙な話だと、太平楽でいたんですがね。

どうもこりゃ、そんな御託《ごたく》を並べてる場合じゃねえようだ。正直なところ、寿屋との話を聞かされると、なんだかこう、嫌な予感がしてきましたぜ、まったく。どうやら、景気がいいなどと、そんな能天気じゃ済まねえような気がしやす」

「これは、一問着《ひともんちゃく》を覚悟すべきなのでしょうな。河竹殿の予感は、神通力のごとく、物事を見通されるのですから」

「神通力とは恐縮千万。なに、当たるのは嫌な予感ばかりでござんすよ。しかし、とにかく、お伝の件は心当たりを探ってみましょう、へい。さあ、こうなったら、音に聞こえたこの地獄耳、蓬莱山《ほうらいさん》でも竜宮《りゅうぐう》でも、否《いや》が応《おう》でも聞き出して、すぐさまお師匠にご注進、ヨッ、いたしやしょう」

4

首切りというものは、いかに腕に覚えのある者でも、切られるほうの人間に生への執着が強すぎると、往々にして見苦しい始末になるという。

切られる者の執念が、首の骨や気管などに、説明のできない怪しい力を及ぼすのかもしれない。そんな例は、切られる者が世に知られた人物である場合も含め、少なからず記録が残っている。

だが、首切り浅右衛門の腕の冴えは、罪人の生への執着さえも凌駕した。浅右衛門の刀が一閃するや否や、どれほど取り乱した死刑囚であっても、その首はコロリと落ちたという実見談に事欠かない。まさに神業《かみわざ》と言われる所以《ゆえん》なのだ。

ところが、どうにも疑念をぬぐえぬ話だが、そんな浅右衛門の技量に関する、たった一つの汚点とは――。一度だけ、けしからぬ風聞が流れたことがある。当の浅右衛門は、その件について終生口をつぐんだが。

高橋お伝の処刑、それが、山田浅右衛門の生涯唯一のけしからぬ風聞の種となった。

――あの首切り浅右衛門が、高橋お伝の色香に迷わされたというぞ。いや、戯言《たわごと》ではない。それが証拠に、正気を失った浅右衛門は、腕もなまくら同然となったという。最初の一太刀《ひとたち》で仕損じたものだから、もう逆上してしまって、無二無三に、なりふり構わずやっとのこと、お伝の首を落としたそうだ。まったくもって、実に恐るべき妖婦ではないか。やはり、あれは我々のような尋常な人間とは、どうも違うぞ。

その日――、浅右衛門の刀が一閃し、高橋お伝の首は、骨も気管もないかのごとくコロリと落ちた。いつもと何ら異なるところなく、ただの一太刀だった。そこには、風聞を生じさせる余地などなかったのである。

では、火のないところから煙が立ったのか？

その通り、そう言ってしまっては嘘になる。たった一点、些細なことだが、普段の浅右衛門とは明らかに相違しているところがあった。それは、処刑の直前の姿だった。

浅右衛門、何をしている？　どうしたのだ？

立会人の中にそう感じた者がいたとしても、不思議はないと言えるだろう。あたかも、高橋お伝を目の前にして、浅右衛門が臆しているかのように、感じられたのかもしれない。

浅右衛門は、かすかな心の乱れを鎮めようとしていたのだ。些かでも平常心に揺らぎがあっては、わずかな手の狂いが刀の切れを鈍らせる。浅右衛門は目を閉じ、気持ちの揺れが消えるのを待った。

浅右衛門をそうさせたのは、お伝の見目形《みめかたち》だった。見た目の若さに関する噂は承知していたものの、それには誇張が多く含まれているのだろうと、噂を耳にした時から推していた。尾ひれがつくのも仕方なかろう、と。ところが、目の前にした女の見目形は、まったくの噂通りだった。浅右衛門の目にも、十代の生娘のごとく映ったのだ。

あの言葉が浅右衛門の脳裏に、ふと甦った——不老不死、不老長寿。浅右衛門は、刀を振り上げる前に、その言葉を消し去らねばならなかった。

わずかな心の乱れを鎮め、浅右衛門は一刀でひとつの命を絶った。お伝に、生への執着はない。従容《しょうよう》と死に就く覚悟ができていた。浅右衛門はそれを感じることができた。現世へのあくなき妄執があるならば、刀を振り下ろした刹那、この希代の死刑執行人の手はそれを察知する。お伝の覚悟を感受して、安堵できたのだが。

ただ、黙阿弥の嫌な予感という言葉を耳にしている。浅右衛門は帰宅すると、俊三に、お伝の遺骸がどう処置されたか調べるよう、申し付けたのである。

「まったく冗談じゃねえ、どうなってるんだい、馬鹿馬鹿しい」

使いから帰った留吉が、顔をしかめてお道に言った。

「どうしたのさ、留吉《とめき》ッつぁん、そんな怖い顔をして」

甘酒の鍋をかき回していたお道が、怪訝そうに留吉に目を遣る。

「いや、それがな、とんでもねえ噂が出回っているんだ。うちの旦那がな、きょうの高橋お伝の処刑で、ひどい失態をやらかしたなんてよ。なかなかお伝の首が落ちなかったなんて、冗談じゃねえや。そんな訳あるはずねえんだ、そうだろう、お道さん、ちくしょう」

「おかしな話だねえ。あれ、でも留吉ッつぁん、出回っているって、それじゃあ誰か一人から聞いただけじゃないんだね」

「そうよ、二カ所で聞いた。こりゃもう、間違いなくあっちこっちで話のタネになってるな。どうしちまったんだい、旦那がしくじるはずはねえんだ。こりゃやっぱり、旦那に恨みを持つ奴が、これっぽっちの訳もねえのに、出任せの噂をばらまいてるに決まってら」

「そうだよねえ、うちの旦那に限って、あ、そうだ、もしかして……」

「おい、なんだお道さん」

「ほら、お伝て人はさ、不老不死だとか不老長寿だなんて、なんだかよく分からない話が広まっていたじゃないか。もしもだよ、それが本当なら、普通の人みたいに簡単には死なないのかもしれないよ。首だって、なかなか落ちなくて」

「そんな、そんなことがあってたまるか。冗談じゃねえ」

「それでもさ、処刑は済んだんだから、不死っていうのはないにしても、なんだか気持ち悪いよ。そんな怪しい女なんだもの、今晩あたり、やっぱり留吉ッつぁん、化けて出てくるんじゃないのかねえ」

「お、おい、お道さん、おめえ脅かすなよ」

「いえ、まじめにさ、今晩は、どこか別の場所に泊まった方がいいんじゃないのかい」

「何言ってんだよ、冗談じゃねえってんだ」


廊下を小走りに近づくその足音で、浅右衛門には、俊三のただならぬ心中が伝わった。

「先生——」

声とともに、俊三は浅右衛門の部屋の障子をあけた。

部屋に入る身ごなしに落ち着きはなく、その顔は強張っている。俊三は慌ただしく言った。

「なんとも奇怪な、このようなことが、一体、これはどうなっているのか。先生、まったく訳が分からないのです。高橋お伝の遺骸は、消えました」

「——消えた?」

「そのつまり、私は、普段遺体の処置をする者たち何人かに当たってみたのです。ですが、誰一人として、処刑後の高橋お伝の遺骸がどうなったのかを知りません。それはあるいは、厳しく口止めをされているのではと、疑えなくもなくて。しかしそれでも、私が尋ねて廻った限りでは、お伝の遺骸は、まるで突然消えてしまったかのように、どこにも見当たらないのです」

5

「どうかね、乱歩君。まだ話は終わってはいないが、すこぶる怪奇味を帯びた、興味をそそる事件ではないか。我が輩、君とは、まだ君が古本屋をやっている頃からの付き合いじゃ。とっかかりは、浮世絵に関する奇妙な事件であったの。ま、そんなわけで、君の特異な才能、特に妙ちきりんな謎を解く才能といったものだな、それは充分承知しておる。そこで、今回の《明治文化探偵会》には、どうしても出席して欲しかったんじゃよ。

なにしろ、我が輩が提供できる情報はあまりに少ない。ずっと以前に下男の留吉から聞いた、彼の憶測も含まれた話だけでの。当事者から新たに聞ければそれに越したことはないが、留吉は我が輩に話をしてくれた後数年して、山田浅右衛門は、大正となる前に世を去った。もうどこからも、情報は得られんのだから」

「当時、浅右衛門の弟子だったという人物は?」

「手を尽くして探してみたが、無駄じゃった。年齢を考えれば、既に鬼籍に入ったとしても不思議はない。つまり、手掛かりは、ほんのわずかな断片しかない。本来なら、《明治文化探偵会》で取り上げても、解明など覚束《おぼつか》ないのかもしれんのだが。しかしだ、それでもこうやって、探偵小説の江戸川乱歩君と、民俗学の中山太郎さんが揃っておるではないか。となれば、瓢簞《ひょうたん》から駒――、そうとも、番狂わせもあるぞとの我が輩の皮算用なんだがね。

そうそう、乱歩君の本名は平井太郎《ひらいたろう》。つまり、一騎当千の双璧の太郎が事に当たるとなれば、こりゃ、前途洋々と言っていいのかもしれん。そうでしょうが、太郎さん、たとえば八百比丘尼のことなどは、民俗学の方から鋭く切り込んで欲しいですな。太郎さんなら、それが可能と、我が輩、睨んどる」

「外骨さん、あのね、ぼくァ一騎当千なんてそんな大層なもんじゃありませんから。でも、八百比丘尼については持論がありますよ。これはだいぶ時間をかけた分野なので。結論から先に言ってしまえば、その正体は、熊野《くまの》比丘尼なんだという見方もできると思うんです。漂泊の熊野比丘尼。熊野の神の縁起を語って諸国を渡り歩くわけだけれど、八百比丘尼の物語も伝えましてね。人々はそれを喜んだんです。八百比丘尼の物語を披露するとき、ぼくは、多くの比丘尼が、自分こそ八百比丘尼なのだと聞き手に伝えたと推察しています。当時の人々はそれを疑わなかった。日本中のあちこちに八百比丘尼の墓が残っているのは、その結果だと思っているんですよ。

それからですね、八百比丘尼の像を見ると、椿《つばき》の枝を手にしてましてね。こりゃあ、熊野の神が、イザナギの唾から化生したというのと通じているんじゃないですかねえ。小野小町《おののこまち》や静御前《しずかごぜん》の墓が不思議なくらい各地方にあるのも、ぼくァ、やっぱり裏には似たような事情があるんだろうと信じてます」

「いや、さすがに中山太郎民俗学、胸がすくほど明快じゃ。どうかね乱歩君、なんだか、探偵小説の謎解きのようだの」

「本当に興味深いです。僕は八百比丘尼と聞くと、どうしても、嘘八百という言葉を連想してしまって。まだ勉強が足りませんね。ただ、八百比丘尼から離れますけど、これまでの話で、どうも気になって仕方がないのは、ミスディレクションということなのですが」

「なんじゃね、そりゃ」

「ええ、奇術を見せる時には、これが重要らしいですよ。目くらましの一つですね。何かを隠すために、観客の注意を別のものに引き寄せる。箱の中を改めたり大きな布の裏表を見せたりしている時に、実は密かに肝心な手順が行われていて。それって、探偵小説も同様って言えるかもしれません。真犯人を隠しておくために、読者が疑いを向けやすい人物を描いたりするわけです」

「成る程、納得じゃが、この高橋お伝の話に、なんでそのミスディレクションというものが出てくるんかね」

「山田浅右衛門がお伝の首を一太刀で落とすことができず、散々手間取ったというような噂が流れました。あの浅右衛門がと、誰しも聞き耳を立てるに違いない噂が。処刑のその日に、そんな噂が広範に伝わっているなんて、これは変ですよ。なんだか緻密な計画といったものが感じられませんか。

　それに、お伝の体の一部が標本として残されるという件も、やはり同じ意図を感じるんです。もっともその体の一部、本当にお伝のものかどうか、僕は疑っていますけど。どうしても世間は、そんな話に飛びつきますよ。浅右衛門の処刑のしくじり、お伝の体の一部の標本なんて、どうでしょう、これはミスディレクションなのだと考えられませんか。洩れてはまずい何かを隠蔽するために、こんな話に世の注目を引き寄せたのだと」

「いや、あんた、よくぞそんな大胆な仮説をひねり出せるもんじゃ。我が輩、いつも驚かされる。それを聞いて、いろんなことが繋がってきたと言えるの。そうとも、下男の留吉は、一度消えたお伝の遺骸を、浅右衛門と弟子が取り戻したように思えると、我が輩に話してくれた。であるから、不肖外骨、あれこれと調べてみた。調べるとなったら、いろんな手を心得ておる。誰がお伝の遺骸を消したのか、それは我が輩、目星をつけた。

その金輪際《こんりんざい》許せん不埒な男は、音羽《おとわ》の大行者といっての」

6

黙阿弥が珍しく素面《しらふ》で浅右衛門の家にやって来たのは、お伝の処刑の翌朝である。

酒気を帯びていないのも珍しければ、留吉やお道に軽口をたたかないのも珍しい。浅右衛門の前に座ると、挨拶抜きで言った。

「お師匠、この地獄耳、確《しか》と、とてつもない悪巧みを聞き出してまいりましたぞ。いやまったく、こんな太え悪道を、お天道様は見逃しゃしませんとも。憚りながら、しがねえ狂言作者のこの二世河竹、うぬらのあくどい狂言を、お蔵入りにして、ヨッ、やりやしょう——ときたもんだ」

呆れ返るほどの饒舌は素面でも直らないようだが、すでに慣れきっている浅右衛門は、表情も変えずに静かに訊《き》いた。

「悪巧みとは、もしや、高橋お伝の不老長寿に絡んだことなのでしょうかな」

「はい、正に、この騒動の要石《かなめいし》ともいうべきは、不老長寿。つまりはこいつが、どうにも堪《たま》らねえ囮《おとり》になっているわけでしてね。こんなろくでもねえことを仕組んでいるのは、ご存じでしょうかねえ、音羽の大行者と呼ばれている奴なんですよ。こりゃもう、布袋《ほてい》の太鼓腹ぐらいな太鼓判」

「音羽の大行者といえば、なんでも、大変な験力《げんりき》の持ち主と聞いておりますが。政府の権官とも通じ、宮中にも隠然たるつながりを持つと」

「どうやら切っ掛けは、その験力とかで、やんごとない御方の病を治したってんで、まあその、宮中の迷信家といえるような人の信用を得たと、そんないわく因縁《いんねん》でして。あたしゃ、験力なんぞも眉唾物だと睨んでいますがね」

　黙阿弥は片頰に笑みを浮かべた。

「それにゃあ奴も恐れ入るしかねえ、ま、あたしだけの証《あかし》がありやして。それを話す前に、お師匠、浅草《あさくさ》の奥山で、玉太夫っていう手妻の名人が評判なんですがね。この手妻使いと音羽の大行者が前々から昵懇《じっこん》。それを、こいつら、ずっと秘しているんですよ。それでも、あたしのこの地獄耳から逃れられはしません。どうです、大行者の験力なんてのも、玉太夫の手妻を利用しているのと違いますかねえ。

それが証拠に、どうも近頃になって、奴はひょっとしたら天一坊そこのけの大騙《かた》り野郎じゃねえのかとの声が、ちらほらと出始めたらしいんですよ。そこで、音羽の大行者、はたと一計を案じたのでしょう。三十六計逃げるにしかず。ただ、欲の皮の突っ張ったこの野郎は、尻に帆をかけて失せる前に、まやかし薬で乾坤一擲《けんこんいってき》の大儲けを、とね。お師匠、高橋お伝と不老長寿を結びつける噂を広めたのは、この音羽の大行者でした」

「なんと、では、それでお伝の遺体を――」

「いまだに大行者に誑《たぶら》かされている金満家が、幾人もいますからね。そんな金持ち連が、我も我もと大金を出して欲しがるものといったら、そりゃあお師匠、不老不死、不老長寿の妙薬を差し置いて、他に何がってなもんでしょう。あさましい話ですがねえ。腐れ大行者が遺体をどう切り刻むつもりかは分からねえが、お伝の体を大べらぼうな薬に変えて、金をかき集める魂胆なんで。

その金持ち連の中には、寿屋の主人もいたらしい。お師匠の元に支配人をよこしたってのは、さしずめ、浅知恵の抜け駆けで、一番効き目のあるところを我が物にしたかったわけでがしょう。こいつァ実《げ》に、あさましやなぁ悍《おぞ》ましやなぁ」

「なんたる不埒な悪行――。今のお話で、このからくり得心いたしました。いやそれにしても、河竹殿、よくそこまでお調べを」

「へい、えー、それがその、お師匠には楽屋裏をお見せいたしやす。まあこの、あたしだけの証というのも、打ち明ければ埒もない子細でしてね。音羽のくそ大行者め、お園《その》という奴からしたら孫みてえな娘を囲ってやがって、いや抜け抜けと。で、鼻の下を伸ばした大行者、寝物語にこのたびの金儲けのふざけたからくりを、いい気になってお園に洩らしちまった。そいつが大行者の運の尽き。天網恢々《てんもうかいかい》とはこのことよ、てなもんだ。

お園はそれを、以前世話になった女に伝えたんですがね。その女というのが、えー、どうも、まあ早い話が、このやつがれと訳ありでござんして」

「それは——、成る程」浅右衛門は目を瞬《しばたた》いて言いよどんだが、腕を組み眉間にしわを刻んだ。

「となると、猶予はなりませぬな。ただ、お伝の遺骸の行方が分からぬのです。音羽の大行者の差し金でありましょう。しかしこれは、行方を突き止める手立てがあるものかどうか」

「音羽の生臭大行者は、政府の高官とも腐れ縁があるっていうんですから、まあ、死刑囚の遺体一つくらいは、意のままにってなところですかねえ。言語道断も極まれりってなもんじゃありませんか。そんなことじゃねえのかと、あたしも案じてましたよ。まったく、勘弁ならねえ、江戸っ子を見くびりやがって。お師匠、その遺体の行方についてなんですがね、ご懸念には及びません。この胸三寸に妙案ありと、へい、二世河竹、憚りながら」

「よい手立てがありますか」

「おっと、お師匠、團十郎《だんじゅうろう》の芝居にも、これほど頭をひねった覚えはありません。大入り間違いなしの芝居の筋を、諸葛孔明《しょかつこうめい》に負けぬ気で、一世一代仕組みました」

「芝居……?」浅右衛門の眉が上がる。「お伝の遺骸の行方と、その芝居と、一体どのようなつながりが?」

「この二世河竹、しかと請け合いましたよ。仕組んだ芝居を演じた後は、おのずと知れる道しるべ、望みのものは向こうから、とね」

「で、芝居を演じるというのは、誰が？」

「そりゃあもう、天下に一人、勿論、お師匠に」

浅右衛門は目を見張り、無言で黙阿弥を見つめた。黙阿弥の顔つきから、本気なのが伝わってくる。

「しかし、それは――」かすかな浅右衛門の声。「無理というもの、河竹殿。某に、芝居などと言われても」

「この芝居を演じられるのは、團十郎でも左團次《さだんじ》でもねえ、泣く子も黙る首切り浅右衛門、へい、お師匠ただ一人なんでしてね。その技は古今無双と謳《うた》われているお師匠じゃありませんか。な―に、もうそれだけで、文句のつけようのねえ嵌まり役なんでさあ。

御心配にゃ及びません。二世河竹、ここを先途とばかりに後見あい務めまする所存でして。なにとぞ、ここはひとつ、大向こうを唸らせる狂言を、敵の舞台に乗り込んで、目にもの見せて、ヨッ、やりゃあしょう」


寿屋の店内は、外国人の客が目を輝かせて商品に見入ったり、身振り手振りで値段の交渉をしたりして、常のごとく活況を呈していた。なにしろ、伝統的な美術の分野は不振にあえいでいる中にあって、象牙彫刻の牙彫だけは、輸出品の花形とも呼ぶべき存在なのだ。

木彫家の高村光雲《たかむらこううん》も、懐古談の中で、「象牙彫りは一世を圧倒するの勢いでありましたが、それに引き代え、木彫りは孤城落日の姿で、まことに散々な有様《ありさま》でありました」と述べている。手広く牙彫貿易を営む寿屋が、殷賑《いんしん》を極めるのも当然だろう。店内には、いずれも精緻な彫りの、鳥追い・猿回し・鷲鷹類・観音像などが並んでいた。

山田浅右衛門は、すぐに奥へ通されたのである。

「山田様にご来店いただけるとは、思いも寄りませんでした。何か牙彫の品を御入用でしょうか」

これ見よがしの指輪を光らせた寿屋の主人は、笑いを浮かべながらも探るような目で訊いた。支配人の坂上は、浅右衛門を案内して部屋に入ったが、主人の目配せで店の方へ戻っていた。

浅右衛門が思案顔で答える。

「いえ、御品を見に参ったわけではありませぬ。それが、些と――、けぶなる話をお耳に入れねばなるまいと」

主人の顔から笑いが消え、眼差しに鋭さが増した。

「寿屋殿にはお伝えして、無益な散財をなさらぬよう、お役に立てればと考えたしだいで」

「は？　どうも、呑み込めませんが……」

「先日、高橋お伝の件で、こちらの坂上殿がお越しになりましたな。あの時は某、気が回りませんでしたが、あれから寿屋殿は不老長寿の秘薬として所望されていたのではないかと、思い及びました」

寿屋の顔には、陰険さを感じさせる表情が浮かんでいる。

「それは、そうですな、有り体に言いますと――。しかし、そう考えるのは、なにも手前だけではないでしょう」

「人生五十年、泡沫《うたかた》のごとき一世《ひとよ》しか生きられぬ身なれば、誰しも不老長寿を望むのは道理。さて、となりますと、もしや、寿屋殿のもとにいずこからか、お伝の亡骸《なきがら》からの不老長寿の秘薬を購《あがな》うよう、誘いもあるのではと察したわけで」

寿屋の顔が強張る。浅右衛門は同じ調子で言葉をつづけた。

「そうでありましたら、寿屋殿、断じてそのようなものに、大枚をはたいてはなりませぬぞ。欺《あざむ》かれてはなりませぬ」

「では、つまり高橋お伝は、不老不死・不老長寿とは無縁の、ただの女だったのだと？」

「いえ、そうではありませぬ。あのお伝は、まこと世にも稀な、不老長寿の身であったのです。まさかそれを、自らが目の当たりにすることになろうとは」

「は？　それでは、何が一体」戸惑いに声も途切れる。「そうじゃありませんか、どうも意味が……」

「処刑前、ほんのわずかの間でありましたが、某とお伝と二人のみで、傍に余人の姿のなかった時、お伝が某に話しました。けぶなる話とは、このことでして」

寿屋の主人は身を乗り出した。

「己が身の不老長寿であるのを明かしたのはこの時。さらに、不老長寿を得る手立てを、密かに伝えてくれたのであります。お伝の首を落とした当人、つまり某でありますな、某が離れた首と胴を合わせれば、心臓が再び動き出すと言いましてな」

「そんな――」

「はい、あまりに奇怪な話でありますが、これはお伝自身の言葉。ただ、心臓が動いているのは、百を数えるくらいの間ではあるのですが。寿屋殿、なんと、この間にお伝のキモを取り出すならば、それが不老長寿の秘薬になると、本人が申しました。そして、秘薬を得る手立てはこればかりとのこと」

浅右衛門は寿屋を見据えた。

「でありますから、不老長寿などと大それた効能を掲げて、いかなる誘いがありましても、どうかその騙りごとには嵌まりませぬように。当然ながら、某がいなければ秘薬は到底、手にはできぬのですからな」

寿屋は呆然とした様子で、何度も頷いた。

7

夕闇の中を、二台の人力車が音羽へと向かっていた。

前を行く車には、音羽の大行者からの使者。後ろの車に山田浅右衛門。大行者は浅右衛門を迎えるため、人力車を寄越したのである。

黙阿弥の読み通りの成り行きに、浅右衛門は感嘆していた。寿屋はすぐさま、浅右衛門の話を大行者に伝えたに違いない。お伝の遺体から得た秘薬の一部を、優先して自分に割り当てるよう、約定《やくじょう》を交わしたのだろう。浅右衛門は、不老長寿の秘薬をめぐる人の欲念の深さに、嘆息を洩らした。

浅右衛門の人力車の後方には、俊三が徒歩で従っていた。浅右衛門の意図はすでに聞かされている。それを思えば、腕や肩などに妙に力が入ってしまうのも仕方あるまい。明治九年の廃刀令で、刀を帯びて町中を歩くことは出来なくなったが、音羽の大行者の手先には、剣客と言われた不逞《ふてい》の輩《やから》もいるらしいのだ。

俊三は不安を感じながら、腰に手を当てた。大行者の屋敷には、刀を手にした男どもが潜んでいるのだろう。脇差《わきざし》でも、一振りあってくれたら――。腰に当てた手に力を入れながら、俊三は唇を固く結んだ。

勿論、浅右衛門も刀を帯びてはいない。ただ、俊三は、話には聞いていた。浅右衛門は刀なしで、神業と呼ぶしかない不思議な術を使うという。その話には半信半疑であったものの、人力車の上の浅右衛門の影を見つめて、どうか本当であってくれと願った。

大行者の屋敷の長屋門に着いた時、日はとっぷりと暮れていた。浅右衛門と俊三が案内されたのは、住居とは別棟の、寺院の本堂のような建物である。

床の中央に、腰ほどの高さの台が置かれ、黒い布がかけられているが、布の形状から、その下は遺体であるのは一目瞭然。平安貴族を思わせる身なりで、大兵《だいひょう》の音羽の大行者は立っていた。

その脂ぎった顔と異様に突き出た腹は、平安貴族のような身なりとは全くそぐわないのだが。大行者の後ろに、浅右衛門と俊三を案内した使者が控える。

「御足労、まことに大儀でした、山田さん」

大行者は、体軀に似合わぬ甲高い声を出した。

「身《み》のもとには、救いを求めて、それは様々な衆生《しゆじよう》がすがってきましてな、はい。身にとっては大層な難儀ではあるものの、これは、身のことよりも、衆生を第一義に考えねばな。神に仕える身にとっては、当然のつとめ、はい。

そこで、山田さんには、衆生を救う手助けをして頂きたい。身にはなんの損得もありません。この世の欲など、毛筋ほどもないのです。ただ、衆生が助かれば、それでよろしい。ですが、勿論あなたには、お礼は精一杯手厚く、はい」

浅右衛門の表情に変化はない。

「これは高貴なお方からの、是が非でもという望みでありましてな。あなたの手助けに関しては、身がよしなに伝えます。今後、それなりの報いもありましょう。で――、お察しでしょうが、望みは、不老長寿の秘薬でしてな、はい。あなたの手助けが欠かせぬことは、承知しております。すぐにも始めてもらえるよう、身が、手筈《てはず》を整えました」

大行者は、布のかけられた遺体を指さした。

「ここに、お伝の遺骸が――。必要なものがあれば、すぐに取り揃えます、はい」

静かな口調で浅右衛門が答える。

「必要なのは、亡骸のみ」

「おお、では、早速始めてもらいましょう。布の下には、勿論首も置いてありますからな」

「これにて、亡骸を受け取り、退出つかまつる」

困惑した顔になり、大行者は浅右衛門を見つめた。

「いや、あなた、身が頼んでいるのは、つまりその、この場で秘薬を」

「そのようなものは、ただの絵空事。お伝は、某がしかと葬りますので」

大行者は口を開いたものの、唸り声しか出なかったが、大行者の後ろの男が鋭く叫ぶと、険悪な相貌の三人の壮士が姿を現した。手には、抜き身の刀剣――。

並んだ三人は、頭を正しく斜線で結んだように身長が違い、それがどうにも奇妙な印象だ。最も背の高い男は、不自然に顎《あご》が長く、薄気味悪い笑いさえ浮かべている。俊三は、三人すべてに殺気を感じていた。

「俊三、下がっておれ」

浅右衛門の落ち着いた声で、俊三は身構えながら後退したが、浅右衛門の右の手のうちに、懐《ふところ》から取り出した小柄《こづか》が収まっているのを気付かなかっただろう。

ほかの誰の目にも、浅右衛門は素手で、漫然と佇《たたず》んでいるように映っている。だが、刀の鞘《さや》にさし添える手の内にも入る小刀ではあるが、山田浅右衛門が握れば、太刀を手にしたと同様の武器となるのだ。

薄気味悪い笑いを浮かべた長身の男が、気合とともに浅右衛門に襲いかかった。浅右衛門は身を躱《かわ》しながら、刀を握る男の手に微《かす》かに触れたように見えた。

堂内に響いたのは、男のうめき声と刀が床に落ちた音である。もう一つ、床に落ちた物があるのだが、目にした者はいなかったかもしれない。それは、見事に切り落とされた男の親指だった。

事態がよく分からぬまま、二人目の中背で頬にキズのある男も刀を振り上げ浅右衛門に挑んだが、うめき声も刀が落ちるのも、まったく同じだった。

うずくまり片手で出血を止めようとする男が二人。残った小柄《こがら》な男の顔には怯えの影が濃く、刀を構えようともしない。大行者は、顔も体も硬直したままだ。

浅右衛門は床に転がっている刀の一つを拾い、大行者を正視した。

「なおも妨げようとのおつもりなら、この刀で、我意を通す所存でござる。念のため申しておきますが、某、刀で切るものといえば、人の首以外はありませぬ。一度《ひとたび》この手で刀を振るえば、おのずと首が胴から離れますが、それでよろしいか」

男たちが尻込みを始める。

「好きに、するがいい……」

大行者の絞り出したような声。それだけ言ってよろけながら戻りだすと、他の者たちも慌ただしくそのあとに従った。

お伝の遺体は、前もって黙阿弥が手配しておいた荷車を使って、手筈通り大行者の屋敷から運び出した。ただ首は、布に包み浅右衛門が大切に胸に抱えていたが。

遺体は無事に葬られ、谷中《やなか》共同墓地にその墓がある。

留吉とお道には話さず、山田家では浅右衛門と俊三の間の秘密にしてあるが、お伝を葬ったその日の深夜、奇妙なことがあった。

「先生、よろしいでしょうか……」

浅右衛門の部屋の外で、俊三の押し殺した声。いつものように、浅右衛門は明かりをつけ端然と座っているが、寝間着姿の俊三は、緊張した面持ちで入ってきた。

「眠ってはいたのですが」声を潜めて俊三が言った。「夢が——、あまりに生々しい夢で、目が覚めてしまいました」

「お伝に、礼を言われたのであろう」

「は、はい、弔いの礼を。あの、では先生、もしやお伝はここにも」

「けぶなることだが、確かに先ほど、礼を述べるお伝の声を聞いた。神妙不可思議、成る程、世に無い物は無い、か」

「え？　ひょっとして、先生、お伝が不老長寿というのは、本当の話だったなどと」

浅右衛門は目を閉じて俯くと、かすかに笑みを浮かべた。これを話したら、黙阿弥がどんなことを口にするかと、愉快になったからかもしれない。

お伝の死の翌月には、仮名垣魯文《かながきろぶん》が、数カ月後には黙阿弥が、それぞれ、お伝を主人公にした作品を書き上げた。

8

――やっぱり、やっぱり乱歩はすごい、そうですよね、中山さん。だって、浅右衛門のお伝の処刑における失態、それにですよ、何か腑に落ちないお伝の体の一部の標本、それらの誰も指摘しなかった秘された意図を、乱歩が暴《あば》いてくれたんですから。

いやあ、本当に私にとって、生涯胸に刻まれる話です。乱歩のこんな一面が知れて、もう感謝の言葉もありません。

(あのねえ、本田君、なにも乱歩君のことが、この話の中心じゃないよ。人間の体を秘薬として食するという、この点に、民俗学としての興味があるわけだ。ね、そうだろう。詳しく説明してもいいんだが)

――あ、いえ、それはまたの機会に。でも、中山さん、高橋お伝の処刑が明治十二年、そして先ほど伺った野口男三郎事件が明治三十年代でしたね。遠い昔の出来事と言えると思うんです。人の体を薬にするなんて、やっぱり明治という時代が最後だろうって気がするんですが。

(さあ、それはどうかな。特効薬というものが発明されるまでは、人は藁にもすがる思いで、後世から見れば馬鹿げた振る舞いを、仕出かしてしまうんじゃないだろうか。竹久夢二《たけひさゆめじ》が結核で死亡したのが昭和九（一九三四）年。その頃も、そんな著名な人を救えなかった。そして数年後には中国と戦争を始め、国民全部が戦争の狂気に巻き込まれる時代になるよね。食べ物も薬も、入手が困難な日々になってしまったじゃないか。

去年戦争は終わったが、物不足はずっと続いている。そんなことを考えると、さて、馬鹿げた振る舞いをする人間が皆無だったなんて、ちょっとぼくァ……）

――そうか、そうでしたね、ええ、言われてみればその通りです。今でも続いているようですけど、危険を承知で怪しげな酒を呑んで、メチルアルコールで命を落としてしまった人が、これまで何人いることか。そんな馬鹿なって思いますが、それが現実ですね。衝撃を受けたのは、探偵小説家の小栗虫太郎《おぐりむしたろう》が、やはりメチルで命を奪われたという話で。これからの探偵小説は、乱歩と虫太郎の両雄が先頭に立つはずだったのに。

もっとも、正確には虫太郎はメチルが原因ではなかったようです。先ごろ亡くなった小説家の武田麟太郎《たけだりんたろう》の死因は、おそらくメチルでしょう。

（いや、どうも陰気な話になってしまったねえ。ま、生き残ったぼくたちは、空元気でも前を向こうじゃないか。次回は、生人形《いきにんぎょう》というものについて話そうと考えているんだ）

――楽しみです、今回同様、乱歩が《明治文化探偵会》に出席するんですね。

（いやいや、あのねえ、乱歩君の登場は今回だけだよ）

――え、そうなんですか。そうですか、残念だなあ……。

（本田君、まあ、そう気落ちしちゃいけない。次回も実に珍妙な出来事なんだから）

――はい、それでも、その話をいつか探偵小説にする時、江戸川乱歩の名をどこかに入れるよう工夫してみます。今回だけじゃ、もったいなくて。

（まったく、乱歩君には君のような熱烈な愛読者がいて羨ましいよ。ぼくの本の読者にも、それくらいの支持者がいてくれたら、嬉しいんだがねえ。ま、無理な話か）

――いえ、そんな無理なんて。今でも存在するでしょうし、これからも、必ず出てくるはずです。

（いやあ、そうだろうか）

――そうですとも、だって、「世に無い物は無い」っていうそうじゃありませんか。

生《いき》人形《にんぎよう》

いいえ、そのような遠いことを申さずとも、例えば、文楽《ぶんらく》の浄瑠璃《じょうるり》人形にまつわる不思議な伝説、近代の名人安本亀八《やすもとかめはち》の生人形なぞをご承知でございましたなら、私がその時、ただ一個の人形を見て、あのように驚いた心持を、充分お察しくださることができると存じます。

——江戸川乱歩「人でなしの恋」

1

——確かに人形って、それが精巧である場合にはなおさら、なんだか少し、怖いというか薄気味悪いというか、摩訶不思議なものを感じることがありますね。私もいくつかは、たんなる噂なのでしょうが、人形の声がしたとか、ひとりでに動いたとか、そんな話を聞いた覚えがあります。

（まったくねえ、話に尾ひれがつきやすいようだ。民俗学のほうにも、同じような言い伝えは少なくないよ。人形というより、仏像なんだがね。田植地蔵と呼ばれるものが、まあ一般的かな。地蔵が小僧の姿となって、田植の手伝いをしたという言い伝えでね。そりゃあもう、呆れるくらい多くの村で採集できる。別の呼び方だと、鼻取《はなとり》地蔵。これは、牛や馬を引いて田植を手伝った話で。

その田植を手伝った小僧が地蔵の化身だと、どうして分かったのか？　これを説明する必要があるよね。これは、どこの村でも同じなんだ。村人が目にするわけだよ、地蔵の足に泥がついているのを）

――それは、信仰心を持たせるための話なのでしょうか。

（いや、民俗学ではそうは考えない。実はね、田植が終わったあと、実際に地蔵に泥を塗るといった風習が存在したんだよ。無事に済んだ感謝、そして、豊作を祈る気持ちからだろうね。こんな風習との関連を、ぼくたちは探るわけだ。

そうだ、仏像とは違うけど、ひとつ個別の例を挙げよう。上野《うえの》寛永寺《かんえいじ》の水呑《みずのみ》竜の言い伝えを知ってるかね）

――いえ、初めて聞きます。

（それもそうか、彰義隊《しょうぎたい》と官軍の戦争のときに焼けてしまって、それからずっと見られないからねえ。旧幕の頃は、そりゃああまねく知られたものだったよ。なにしろ、作者は左甚五郎《ひだりじんごろう》だ。この甚五郎作というのも、注目すべき点なのは間違いない。

では、寛永寺の鐘楼《しょうろう》にあった甚五郎の竜は、どんな言い伝えを生んだのか。夜になると鐘楼から離れ、不忍池《しのばずのいけ》に水を飲みに行くらしいと噂が広まったんだ。そうなったのには理由があって、鐘撞《かねつ》き男が、ある朝発見したんだよ。竜の彫り物が濡れていて、その下の土にも雫がたれていたとね）

——なんだか、田植地蔵とかなり似ている気がしますけど。

（うん、否定できないね。鐘撞き男が竜の濡れているのを発見し、それが左甚五郎作ともなれば、この竜に関して怪しい噂が生まれるのも、まあ自然の流れじゃないのかねえ。

だけど、本田君、どうもぼくァ、水呑竜のほうは、民俗学とは無関係みたいな気がするよ。つまり、参詣人を増やすための、ちょっとした作為……。左甚五郎作という強力な利点があるじゃないか。あとはただ、鐘楼の竜を濡らすだけでいいんだ。いやしかし、こんなことを言っていると、この罰当たり奴《め》と、お叱りを受けてしまうかな。

おっと、いかんいかん、最初から脱線だ。本題に入る前に、こんなに足踏みしてるなんて。生《いき》人形《にんぎょう》についてあれこれ話すべきことが控えているのに、まったく）

——中山さん、生人形というのは、木彫の作品とは違うんですか。

（そりゃ確かにね、顔とか手などは木彫なんだよ。でも、胴体は張り子でね。ほら、見世物としてあちこちに運ぶものだから、できるだけ軽くなければならない。それに、目にはガラス玉を入れるし、実際に人の髪の毛を使用する。とにかく、精一杯、生きている人間みたいに見せたいわけだ。まあ、いわゆる彫刻作品とはだいぶ異なるだろう。

そんな生人形作りの第一人者は、やはり松本喜三郎《まつもときさぶろう》と衆目が一致している。この喜三郎、文句なしの名人だったからなのか、奇怪な話が語られていてね。どうして、迫真の人形にはそのような怪談じみたものが付きまとうのか、不思議な気がするねえ）

——では、喜三郎の作った生人形が、ひとりでに動いたとか？

（まあ、似たようなものかな。『浅茅《あさぢ》が原《はら》一ツ家』という怪談があるんだけど、喜三郎は、ここに登場する鬼婆を作ったんだ。この時、ある老婆をモデルに使った。喜三郎の思惑通り、鬼婆の生人形が完成。ところが、完成したその日に、モデルの老婆が急死したというんだよ。それだけじゃない。丑《うし》三つ時になると、鬼婆の生人形から声がするなんて気味悪い噂が広まったそうだ）

――やはり、松本喜三郎が名人だからこそ、そんな噂が流布したと言えるんですね。

（ああ、ぼくァそう思う。それから、生人形の名人には、喜三郎と双璧と評される安本亀八がいるんだ。ただ、今回の事件の中心となるのは、喜三郎でも亀八でもなく、小曾根《おぞね》羊七《ようしち》という、今では名前もほとんど忘れられている生人形師でね。

いや、もし彼が無事に長く生人形を作り続けていたなら、きっと、喜三郎や亀八のように名人と謳《うた》われたに違いないよ）

――え、何があったのですか？

（自分が作った生人形の前で、短刀を使って自刃したんだ。いや、前からそんな馬鹿な真似をするんじゃないかと、危ぶまれてはいたんだよ。どうもねえ、言動が常軌を逸する場合が間々あったんだが、その程度がより激しくなっていたそうでね。

羊七が自死したのは、三十そこその時だった。だから、彼が作った生人形の数はそう多くはない。彼の得意な分野は、幽霊とか妖怪とか殺人鬼とか、そんな尋常ならざる怪奇味を帯びたものだった。そりゃあもう、あまりに凄くて、女子供などは正視できないどころか、会場の途中で引き返すこともよくあったという。

羊七の気持ちがおかしくなったのは、怪奇な生人形作りに精魂込めたせいなのか、それとも、そもそも神経が尋常ではなかったので、そんな生人形に向かったのか……）

——中山さん、なんだか、浮世絵師の月岡芳年《つきおかよしとし》と似ていますね。

（おお、本田君、そうそう。芳年と羊七との類似。それは外骨さんも指摘していたよ。ぼくァ、浮世絵については、そんなに詳しくないもんだから。いやあ、本田君の口から、すぐに芳年の名が出てくるとはねえ）

——宮武外骨さんなら、浮世絵の権威と言えますものね。私が芳年に興味を持ったのは、江戸川乱歩の影響です。乱歩は芳年を愛好し、作品の収集もしているのですから。

芳年は、〈狂気の画家〉と評されたり、あるいは〈血みどろ絵の絵師〉などと呼ばれました。そんな浮世絵師の絵を身辺に飾っているという事実から、乱歩に対する印象が、より怪奇とか妖異といった影の濃いものとなっているのではないでしょうか。乱歩とそんな関係にある芳年ですけど、絵の異常さだけではなく、彼自身、精神を病んでしまって。芳年の死は明治二十五年ですが、死亡を報じる新聞記事の一部には「昨年来の精神病の気味は快方に向かい、自宅で加療中、他の病気に襲われた」、確かそんなふうに記されて。

（小曾根羊七と月岡芳年の類縁性が取り上げられるのは、二人の死亡の時期もかかわっているようだよ。羊七の死は芳年の死亡の翌年なんだ。

それと、芳年の〈血みどろ絵の絵師〉という呼び方だけど、羊七もそんな感じの生人形をいくつも作っていてね。明治の暗殺事件に関するもので。もっとも衝撃的だったのは、大久保利通《おおくぼとしみち》暗殺の場面だったらしい。実際の事件も、そりゃあ凄惨なものだったそうだからねえ。それに、大《おお》村益次《むらますじ》郎《ろう》襲撃の場面もあった。でも、それらの中でも注目すべきは、初代の文部大臣森有礼《もりありのり》暗殺の生人形なんだよ）

——森有礼……、ええ、あの暗殺事件も異常ですよね。帝国憲法発布の式典の直前に、官邸で胸をえぐられて殺されるなんて。それも、犯人はたった一人、西野《にしの》文太《ぶんた》郎《ろう》。あの、中山さん、この暗殺が注目すべきというのは？

（ほら、羊七は自分が作った生人形の前で、短刀で自刃と話しただろう。その生人形が、まさに森有礼に襲い掛かる寸前の、出刃包丁を握りしめた西野文太郎の姿なんだ。事件自体も惨《むご》いものだったが、この生人形、羊七の作の中でも傑作だったらしい。大のおとなでも、西野の生人形のすぐ前に立つのは、躊躇《ちゆうちよ》するくらいだったなんて伝わっているんだから）

——一体どんな生人形だったのか、できるものなら是非観てみたいものですが。

（それがねえ、羊七の作品はどうも、ずっと残しておきたいとは思われなかったんだな。ほら、幽霊とか凶悪な暗殺犯の血みどろな場面とか、どうしたって客の気持ちを暗鬱なものにしてしまうじゃないか。それに羊七自身の異常な死も、作品を疎《うと》ましく感じるように作用して、彼の生人形は皆廃棄されてしまったんだ）

——そうでしたか。

（きっと名人と呼ばれるような生人形師になれたはずなのに、小曾根羊七は若くして自ら命を絶った。名人松本喜三郎の死去は、その二年前、だから、芳年の死の前年となる。つまり、喜三郎・芳年・羊七と三人の死が続いたわけだね。

名人喜三郎亡き後、現存する生人形師で名人と呼ばれるのは、安本亀八のみと目されるようになったんだ。ただねえ、世間の生人形に対する好尚も、だいぶ薄れていたんじゃないだろうか。亀八は、そんな世間の大勢《たいせい》を巻き返そうとはかった。新機軸の生人形を何体も仕上げて、大々的に打って出たのは、羊七の死後、五年が過ぎた頃だ。場所は浅草、この見世物は期日前から、そりゃあ評判になったんだよ。

亀八の新機軸というものに、人々が期待したのも勿論理由の一つだ。だけどそれよりも、もう世の中には存在しないと思われていた羊七の生人形が一体現れ、それを、特別に展示する運びとなったからで)

——え、羊七の、生人形が？

(彼の死から五年も過ぎて、伝説のようになっているその生人形を、できるものなら目の当たりにしてみたいなんて思う人が、少なくなかったんだろうねえ。怖いもの見たさといったところかな。

羊七の作品が凡《すべ》てなくなってしまうのはあまりに惜しいというので、彼の親戚が、ひそかに一体を保管していたそうだよ。このことが亀八の耳に入り、親戚と相談の末、特別展示が実現したらしいね。まあ、これがとんでもない話題になるのは当然なんだ)

——とんでもない話題、なんですか？

(なにしろ、その生人形は、小曾根羊七がその前で自刃した、例の暗殺犯、西野文太郎の生人形

なんだから)
——あ、それなら。
(そうだ、今回は誰が《明治文化探偵会》に出席してくれたか、それを話さなくてはね。こういう見世物には、興行師というものが係わっているだろう。会に出席したのは、この見世物の興行師の、お妾《めかけ》さんだった女性なんだよ。この女性が外骨さんの雑誌の愛読者でね。外骨さんと何度か手紙のやり取りをして、それで、《明治文化探偵会》で詳しく話を聞こうとなったんだ。
あ、そうそう、この話には、一人意外な人物が登場する。あの有名な円朝《えんちょう》なんだけどね)
——え? 円朝って、落語家の、三遊亭《さんゆうてい》円朝ですか?

2

端座した円朝は、両手を膝の上に置き、目を閉じてわずかに首を傾けていた。

既に寄席への出演を廃して五年近くが経つ。それでも、日本一の噺家《はなしか》という名声は、少しも色あせていない。そんな名声のせいなのか、自宅で端座する姿が、彫刻の名品のごとき風情をかもしている。このどこか凛《りん》とした老人の姿を目にしては、体が病魔におかされているとは思えないはずだ。それは、過去に例のない名声を一身に浴びた、古今独歩の芸の力なのかもしれない。

三遊亭円朝——、この落語家の芸に惚れた人の数は計り知れないだろう。そしてもし、円朝本人と親しく交わったなら、その人柄にも惚れ込むはずだ。師匠である円生《えんしょう》が病気で苦しい生活の中で世を去ると、円朝一人が葬儀・法事を立派に執り行い、なんと、師匠の子供三人を引き取った。又、円朝の親孝行は周知の事実であり、自分の弟子には慈愛を欠かさずに教え導き、何人もの人気噺家を育て上げたのだ。芸のためだとして、浮気をし酒におぼれ、妻子を泣かせて自分は特別なのだとうそぶく芸人は珍しくもないが、三遊亭円朝という人間に対したならば、どんな反応を見せるだろうか。

円朝は高座で、激しく体を動かすような話し方ではなかった。扇子一本を用い、青白い顔色で動きも控えめながら、人情噺に客の袂《たもと》を絞らせた。

だがやはり、円朝といえば、怪談噺なのかもしれない。学究肌と呼んでもいい円朝が資料を集めまわり、現地に出向いて実地に調べつくし、一心不乱に練り上げたその怪談の数々。『真景累《かさね》ケ淵《がふち》』、『怪談牡丹灯籠《ぼたんどうろう》』、『怪談乳房榎《ちぶさえのき》』。

怪談噺を磨くためであったのか、円朝は幽霊画の収集を続けていた。中には名品と言われるものも含まれている。つまり三遊亭円朝という人物は、怪異・怪談・幽霊などという分野に関しては、類がないほどの先達であったのだ。

そんな円朝が、閉じていた目を開き、首を起こして、囁《ささや》くように言った。

「小曾根羊七の生人形が、現れた。しかも、それがあの西野文太郎の生人形とは」

円朝の心を占めていたのは、弟子から聞いたばかりの、安本亀八の生人形興行の話だった。亀八の新機軸の作品に対する期待も勿論大きかったが、もっぱら話題の中心になっているのは、同時に展示される予定の、これまで存在が秘されていた羊七の生人形だという。

興行の期日は迫っている。弟子は不吉な噂を円朝に伝えた。文部大臣・森有礼を暗殺した西野の生人形には、その前で自刃した小曾根羊七の怨念が宿ってしまったはずだ。これまでは、閉じ込められ光も届かなかった。しかしそれを、人目に触れるようにするのなら、羊七の怨念が目覚めて、凶事を引き起こすのではないのか……。そんな噂が巷《ちまた》に流れているようだ、と。

円朝は一つ溜め息を洩らし、小さく首を振って囁いた。

「どうもこいつァ、いけねえ。いくら見世物だとは言っても――。世間がそんなに、怪異が起こるのを予期するようになっていてはな」


幕開けの三日前、既に奇妙な事態が生じていた。

亀八と弟子たちは最後の仕上げに余念がなかったが、その生人形の小屋の前で、ちょっとした騒ぎが持ち上がった。通りを歩いていた初老の男が、胸を押さえてうずくまったのだ。

近くの通行人が数人、慌ててそばに寄った。

「どうしました?　大丈夫ですか?」

そう声をかけた男は、初老の男の細長い顎鬚《あごひげ》とまっ白い総髪を目にして、調子の外れた声を出した。「あ、これは玄斎《げんさい》先生じゃありませんか。先生、あの、ではすぐ医者を――」

玄斎先生と呼ばれた初老の男は、首を振り、寂びた声で答えた。

「いや、それには及びませせぬ。些《いささ》か、異様な気を感じたまでのこと。ただ、どうやらそれが、禍《まが》禍《まが》しきもののようで」

　玄斎は占い師として、常人離れした力の持ち主と喧伝され、右に出るものがないと言われるほどの評判を得ていた。手相も見れば人相も見る。それに、陰陽道《おんみようどう》の天文観象術や密教の宿曜道《すくようどう》を探究し、独自の占星術を編み出したと公言していたのだ。

「玄斎先生、ええ、そりゃあもっともですとも。目の前のこの小屋で、亀八の生人形の見世物が始まるんですから。なにしろそこに、あの小曾根羊七の悪因縁《あくいんねん》の作品も一緒に並ぶんですよ。ですから、羊七の怨念が祟《たた》るんじゃないのかと、大変な評判になってますからねえ。やはりその怨念が、小屋の外のこの辺にも漂っているというわけなんでしょうか、先生」

「おお、ここが、今奇怪な噂で持ち切りの、成る程。何事も、起こらねばよいが……」

　玄斎の周りには次々と人が集まり、十人ほどのかたまりとなっていた。


　落語家の円朝も占い師の玄斎も、生人形の見世物に関して、無事では済まないかもしれないとの不安を口にした。当然ながらそれは、見世物が始まってからの由々しき事態を指したものなのだろう。ところが、禍事《まがごと》は、興行開始前に起こった。その前日に――。

　安本亀八の故郷は熊本であり、その親族の葬儀のため、亀八自身はよんどころなく帰省したあとだった。亀八の一番の弟子が東京に残るので、興行のほうに支障はない。前日に起こった何やら不可解な出来事は、この亀八の弟子達二《たつじ》と、興行師の伝蔵《でんぞう》との諍《いさか》いなのである。

　諍いの明確な原因は、どうもはっきりしない。弟子の達二も伝蔵も、固く口を閉ざして語らないからなのだ。利益の分配に関する口論だという者もいれば、達二の名前を亀八の次の世代を代表する生人形師として宣伝する約束だったのに、それが守られなかったからともいう。

この諍いは、口論だけでは済まなかったらしい。なにしろ、伝蔵はこの後、右腕を包帯で巻くことになったのだ。この件については、達二も伝蔵も語ろうとはしないものの、いくつか怪しい話が洩れている。

二人は、どこで諍いを起こしたのか？

気に留めるほどの疑問でもないと思われるだろうが、この場合、実に重要な問題なのだ。洩れている話では、二人が口論を始めたのは、あの小曾根羊七作の、殺人者西野文太郎の生人形の前——。この口論の末、その顚末《てんまつ》を目にした者はいないのだが、伝蔵の右腕に包帯が巻かれる仕儀となった。

では、亀八の弟子が、興行師を傷付けたのか？

それが当然な帰結というものだろう。ところが、なんとも奇天烈《きてれつ》な話が伝わることとなったのだ。伝蔵の腕を傷付けたのは、西野文太郎の生人形が手にしている凶器の出刃包丁なのだ、と。

確かに、言い争いがあまりに熱を帯び、伝蔵は腕を振り回したらしい。達二との間に暴力的な争いがあったのかどうか、それは不明である。ただ、伝蔵が論争中に激昂して腕を振り回し、西野の生人形が持つ凶器にぶつかるという事故はあり得るだろう。だがそれでも、伝蔵が深手を負うとは考えにくい。その包丁は、切れないように刃引きのしてある、小道具用のもののはずなのだから。

ところが、どうやらその時、本物の出刃包丁が付けられていたという話が、すぐに洩れだした。これが取り外せるようになっているのは事実なのだ。そして、予備として、まだ刃引きしていないものが一つ準備されていたのも分かっている。それにしても——手違いで、西野の生人形は本物の包丁を握っていたのか？

それとも、誰かが故意に、本物の刃物を握らせたのか？

そうだとしたなら、何故？

達二も伝蔵も口を噤《つぐ》んでいるため、疑惑に満ちた不可解な状況のまま、東京中の耳目を集めているといっても過言ではない生人形の興行が、幕を開けた。

3

その日、開場前には神官を招いて厳粛なお祓《はら》いの儀式が執行された。占い師の玄斎の小屋前でのちょっとした騒ぎもあったたし、正確な事情は不明なものの、興行師伝蔵と亀八の弟子の達二との間で、血を見るまでに至ったいざこざがあった模様なのである。しかも、問題の生人形が本物の凶器を握っていたという珍事まで加わって。世間の人々を安心させるために、厳粛な儀式は必要だったのだろう。

凶事が続いたため客足が鈍るのを心配しての儀式だったとしても、その心配は、まったくの杞憂だった。儀式の間も、小屋の前にすでに多くの客は列を作り、列の長さはどんどん増していたのである。

客足が鈍るのを心配するどころか、興行側は、客が押し寄せ怪我人が出るのを避けるため、場内の整理に大童《おおわらわ》となった。

怪我人というわけではないが、体に変調をきたした客が、開場して間もなく現れた。それは娘の二人連れで、一人が、例の西野文太郎の生人形の前で突然倒れたのだ。その娘はすぐに小屋内の別室に運ばれて、医者を呼ぶまでもなく意識を取り戻し、連れと一緒に帰って行ったという。

興行側の細心の手配りもあって、混雑での怪我人は出ないものの、初日に娘が倒れたように、二日目三日目と日が重なるうちにも、何人か気を失う者があった。それは皆女性であり、いずれも包丁を握った西野文太郎の前であったが――。

そんな気を失った女性の数より、同じ生人形の前で大声で泣き出した子供の数のほうが多かった。それらの子のうちの何人かは、その日の晩、悪夢にうなされて目を覚まし、生人形の小屋の中でのように大声で泣き叫んだという話が、瞬《また》く間に世間に伝わった。

このように悍《おぞ》ましいとも言える出来事が続いたのだが、それで客足が落ちることは全くなかった。いや、それどころか、さらに世間の好奇心を煽ったのではないだろうか。

三遊亭円朝がこの様々な話題で持ち切りの生人形の小屋に姿を見せたのは、大入りが続いている最中の四日目である。

円朝一人で見物に出向いたわけではない。なにしろ、観客の整理で興行側は苦労が絶えないというし、評判の暗殺者の生人形の前では、これまで何人も気を失う見物人が出ているのだ。弟子たちは師匠円朝の身を案じ、円朝には孫弟子にあたる、三角《さんかく》を供として従わせることにした。

三角は、力士のような巨体というより、実際に幕下で相撲を取っていた男で、大怪我をして力士を諦め、稀有《けう》な例ながら、噺家の世界に活路を求めたわけなのだ。

円朝の弟子には、円楽《えんらく》・円太郎《えんたろう》・円遊《えんゆう》など、一線で活躍する人材が豊富だが、三角はまだ円には程遠いと、この名が付けられた。前座で必死に芸を磨いている最中ながら、実は、先輩の二つ目の噺家よりもずっとその名が広く知られている。とにかく、この巨体は一度目にしたら忘れない。それに、愛嬌のある顔の上に、耳に心地いい声なのだ。このまま進めば、大看板の落語家となるのも夢ではないだろう。

「大師匠――、こりゃどうも、驚きました」三角は、まん丸い顔に目をまん丸くして言った。

「まさか、これほどの人出とは」

「三角、大師匠と呼ぶのはいけないよ。注意を向けられたら困るからね。それでなくても、お前さんの体は人目を引くんだから」

「へい、相済みません」

「ま、あたしは、お前さんの体の陰から、西野文太郎の生人形をこの目で観てみたいだけさ。なに、すぐ済むだろうから、ひとつ頼んだよ」

「そりゃあもう、弁慶のようにこの身に何本矢が刺さりましても、堪《こら》える覚悟はできておりますんで」

「それじゃなんだか、戦《いくさ》に行くみたいじゃないか。おかしな人だねえ、お前さんは」

さすがに、力士の頃とほとんど大きさに変化のない三角の巨軀は、小屋の中の人込みをものともせず、雑魚《ざこ》が群がる水面を大魚が悠々と泳ぐがごとく、目指す生人形の前まで難なく歩を運んだ。

森文相の胸に、今まさにその握った出刃包丁を突き刺そうとする、西野文太郎の生人形――。その妖気に、占い師玄斎が歩行を妨げられ、どうしてそんな羽目になったものか、興行師の伝蔵は、生人形の握る凶器で傷を負わされたという。不可解な流説に満ちている生人形なのである。この前で気を失った女性は一人二人ではない。何人の子供が、恐怖のあまり泣き出しただろう。怨念――。生人形師小曾根羊七の怨念が、様々な怪異の源なのか。

孫弟子三角の横に佇《たたず》み、円朝は殺人者の姿を凝視していた。

「見事、非の打ちどころのない、名人の作――」

周りのざわめきで、その円朝の呟きは、三角の耳には届いていなかったかもしれない。

「そりゃあそうにしろ、どうもこりゃ――」

4

「外骨先生、よろしいんでしょうかねえ、あたしみたいな者が、このなんですか、大層なお名前の、《明治文化探偵会》でございますか、そのような立派な会で、下世話な恥ずかしい話を聞いて頂くなんて、ねえ。あたしゃ、そりゃもう、ただの場末の小料理屋の女将《おかみ》なんですから。罰《ばち》が当たりそうですよ、そんな難しい名前の会に」

「馬鹿なことを言っちゃいかんよ、あんた。なにしろあんたは、我が輩の雑誌の愛読者なんじゃからの。大事なお客様だよ。それにこの会はそもそも、下世話な話を聞かせてもらうためにやっておる。我が輩は言うまでもなく、監獄暮らしも経験して、まあ社会の裏側みたいな世界にいる男だし、もう一人のこの太郎さんは、やっぱり相当の変わり者なんだから。なにしろ、打ち込んでおる学問というのが、あんたのような人たちから、その下世話な話をできるだけ聞かせてもらうのが、必要不可欠なのだからね」

「え？　あたしみたいな者から、何の役にも立たない仕様もない話を聞くのが、それが学問なんですか？　嫌ですよ外骨先生、そんな学問なんて、あるわけないじゃありませんか、ほんとにもう。酔ったお客さんから馬鹿な話を聞かされるのは慣れてますけど、外骨先生、素面《しらふ》で途方もないことをおっしゃって」

「いやいや、あんた、我が輩、冗談は一つも言っておらんぞ。太郎さん、口添えしてくれんか。このお登喜《とき》さん、我が輩の本の愛読者なのに、我が輩の言葉を信じてくれん」

「お登喜さん、外骨さんの言葉通りでして。ぼくの研究している民俗学というのは、つまり世間のちっとも有名ではない人たちから、その人にとってはありきたりの話を聞かせてもらうのが、中心になってましてね。《明治文化探偵会》なんて名前は気にしないで下さい。こりゃ、なかば冗談で付けたのですから」

「はあ、なんですか、あたしらみたいな者の頭ではよく分かりませんけどねえ。よござんすとも、あたしが、昔旦那だった伝蔵さんから聞かされたことは、みんなお話しするつもりですよ」

「そうそう、その伝蔵さんじゃ、興行師のな。当時大評判の、安本亀八の興行を差配した。そこに、もう存在しないとされていた小曾根羊七の生人形を、一緒に特別に展示しての。そこまでは、我が輩、前から承知しておった。

その時の裏話を、お登喜さん、あんたがあれこれ知っていると手紙をくれたんで、我が輩は、是非とも太郎さんと一緒に聞かせてもらおうと思ったわけでの」

「はい、伝蔵さんが亡くなってから、もうだいぶ経ちますからねえ。今となっては、なんの遠慮もいらないでしょうから」

「あんた、その頃から小料理屋を?」

「あら、外骨先生、そんなわけないじゃありませんか。旦那は結構羽振りがよくて、あたしゃ、上げ膳据え膳で、太平楽に暮らしてましたよ」

「いや、こりゃ恐れ入った。そうか、伝蔵さんは、あんたにぞっこんだったということかの。いまさら何をと言われるかもしれんが、成る程、あんたがどれほど美形だったか、充分その面影が漂っておるというもんじゃ」

「お上手なんですねえ、外骨先生は。一度あたしの店に来てくださいな。ほんとにもう、お代なんて頂きませんから。

そりゃあね、当時はあたしは、自分で言うのもなんですが、器量だけは褒められたものですよ。ですからね、あちこちから言い寄られて――。あの頃あたしがほんとに惚れたのは、実は役者なんでしてねえ。ほら、あの川上一座、川上音二郎の。最初はその川上一座にいた新派俳優と、まあ、お互いのぼせちまって。でも、こっちは旦那がいるんですから、そりゃあ、隠すのにどれだけ気を使ったか」

「あの、お登喜さん、いやあ、ぼくもよく話の途中に脱線をやらかすんだが、お登喜さんの話も、だいぶ脱線気味ですぞ」

「あら嫌だ、ほんとにもう。何を話してましたっけ」

「伝蔵さんから聞いた、安本亀八の生人形の興行における、裏話というものを、どうか」

「当時はそりゃあもう、生人形の見世物であんなに大騒ぎになったのは前代未聞だなんて、東京中の大評判になりましてねえ」

「我が輩も、よく覚えておる。なんでも、興行が始まる数日前に、その小屋の前で、有名な占い師が動けなくなった。それは、小屋の中の生人形が発する妖気のせい――、そんな話だったの。それに、興行の前日には、あんたの旦那と亀八の弟子との諍いが原因の、小道具の包丁が絡んだ奇妙で怪しい事件。それらの出来事が、世間の好奇心を大いに煽ったんじゃろうな」

「外骨先生、そのことなんですよ。あたしゃね、それについて旦那から、まあとんでもない話を聞かされましてねえ。ほんとにこれまで、辛いと言ってもいいくらいでしたよ、その話をあたしだけの胸の内に秘しておくのは。こうやってお二人に聞いて頂けるのは、やっと胸のつかえがおりるってもんじゃありませんか」

「お登喜さん、あんたの旦那伝蔵さんは、いったい何を?」

「よござんすか、生人形の小屋の前で有名な占いの先生が、急に体の調子がおかしくなった騒ぎ――。それがあなた、まったくのお芝居だったんですよ。旦那が、ずっと以前から懇意の、その先生に頼みましてね」

「なんと、あの騒ぎは芝居――。呆れ返ったもんじゃ。となるとありゃ、広め屋の代わりだったわけなのかね」

「外骨先生、それだけじゃありません、驚くのはまだ早いんですから。旦那が亀八さんの弟子とのもめ事で、例の生人形が握っていた本物の出刃包丁で傷ついた話、これも、全部作り事なんですよ。もめ事というのも、本物の刃物を握っていたというのも……」

5

かすかに、新内流しの三味《しゃみ》の音が響いていた。人力車がちょうど店の前に止まり、車夫と言葉を交わす、生酔いらしき客の声。

三遊亭円朝が亀八の生人形の見世物に足を運んでから数日後の晩、円朝は、興行師の伝蔵と亀八の弟子達二を、馴染《なじ》みの料亭に招待したのである。

当の安本亀八は、まだ熊本から帰ってはいなかった。

伝蔵は、円朝と以前から知り合いというわけではなかった。しかし、興行の世界に身を置く彼は、円朝がまだ高座に上がっていた頃、他の噺家からは決して味わえぬ落語に、何度も聴き入ったものだ。その円朝からの招待なのである。興行師伝蔵が、どうして断れるだろうか。

「それにしても、正直驚きました。ねえ、まさか円朝師匠が、私のような者を招いて下さるなんて。こいつァ、私には語り草になるってもんでさァ」

「いえ伝蔵さん、以前はあたしも、中身は違っているにしろ、やはりお客に足を運んでもらい、こちらの芸で身を立てる稼業。そんなあたしでも、このたびの生人形の大評判には、肝をつぶすほどでした。そこで、どんなご苦労があったのか、できれば打ち明け話を伺いたいと思いましてな」

最初のうちは、伝蔵と達二の二人とも、いくぶん緊張の面持ちだった。しかし、二人の前にいるのは、不世出の芸人、寄席には出なくなったとは言え、その話芸には微塵の衰えもない、名人円朝なのだ。その場の雰囲気など、円朝の舌端一つでいかようにも変えられた。

このたびの大入りの興行の中身には、團・菊・左の生人形も含まれている。團・菊・左とは勿論、明治を代表する、技芸も人気も他の歌舞伎役者とは大きな開きのある、九代目市川《いちかわ》團十郎、五代目尾上《おのえ》菊五郎《きくごろう》、初代市川左團次である。円朝は三人の生人形を絶賛した後、なんと、この三人の声色を披露した。天下の三遊亭円朝が、たった二人を前に——。噺だけでなく、声色も円朝にしてみれば、自由自在の名人芸。実は真打になりたての頃、円朝はよく声色を入れた芝居噺を売り物とした。そこには、これでたちまち評判を呼ぶし、席亭の信用も得られるとの確固とした計算もあったのだが。声色だけでなく鳴物《なりもの》まで入り、盛り上がったところで後ろの幕を落とすと、その芝居そっくりの背景となっているのだ。これほどの趣向で、人気の出ないはずはない。

酒は極上、名人円朝の芸には堪能し、伝蔵は完全に夢見心地になっていた。

「いやあ実に、師匠、こんなにいい心持ちになったのは、もうちょっと覚えがないくらいですぜ」

伝蔵の目はとろんとして、首をしっかりと保つのが難しくなっている。達二にしても、それは五十歩百歩といったところだろう。

「ようがすとも、今度の見世物には、この伝蔵、乾坤一擲《けんこんいってき》の手を打ったってもんだ。そうなんですよ、ですからね、その苦労話裏話を師匠に聞いてもらえりゃ、こいつァ興行師冥利に尽きるってもんだ。へい、聞いてもらおうじゃありませんか」

伝蔵の言葉に添うごとく、別の部屋から三味の爪弾きが。

「師匠、興行が始まる数日前に、占い師の玄斎が、小屋の前でおかしくなったことがあったじゃありませんか。尋常じゃねえ気が漂っているとか言いましてね。まあそれで、特別に展示する手《て》筈《はず》の小曾根羊七の生人形に、俄然注目が集まる仕儀となりましたよ。なにしろ、その西野文太郎生き写しの生人形には、只事じゃねえ謂《いわ》れがあった。羊七がそこで自害をしたっていう因縁がね。そりゃあ、いろんな噂が広まるのは目に見えてるじゃありませんか。

ですがね、師匠、こいつァ、私の取って置きの策でした。へい、玄斎に一芝居打ってもらうという、ずっとあたためておいた秘策。玄斎にそんな頼みをしたのは、これまで一度たりともありゃしません。ええ、ここ一番の興行の時のために、胸に秘めていたんですから。ありがてえことに思った以上の功を奏したってわけで」

「それは、亀八さんも承知の上で？」

「いえいえ、私の一存ですよ。亀八さんは、そりゃあもう見事な生人形を作り上げてくれた。それ以上亀八さんに、余計な気遣いをさせるわけにゃいきやせん。興行が始まる前から大いに人気を煽るのは、この私の仕事というもんでしょう」

「舌を巻きますよ、伝蔵さん。あたしも、寄席から離れる前に、あなたのような方と一度組んでみたら、さぞかし」

「そんな、馬鹿をおっしゃっちゃいけませんよ。師匠の名前一つで、いくらでも客は呼べるってもんだ」

　そうは言いつつも、酒を干す伝蔵の顔に嬉しさがあふれる。

「なにしろ師匠、今度の興行に、私は実際賭けていたんです。これが当たらなけりゃ、東京から逃げ出そうってくらいにね。ですから、私の策っていうのは、玄斎の一件だけじゃねえんで。そこまで言ったら、もう師匠はお気づきでしょうが、興行の前日の、私とこの達二さんとの諍いってやつも、いやなに、そんなものありゃしなかったんですよ」

「すると、あなたが腕に怪我をしたというのも？」

「なーに、単に包帯を巻いただけでしてね。本当はこんな話、口を閉じて墓場まで持って行かなきゃなりません。いえ、それにしても、西野の生人形が本物の包丁を握っていたなんてのは、ちょっと話が出来すぎていて、まやかしだろうと疑う声が出るんじゃねえかと、内心びくびくしてましたよ。やはり、あの前で羊七が命を絶ったという謂れが、世人のまっとうな判断をくもらせたってわけですかねえ」

「どうも、なかなか類のない珍談奇談として、これから先伝わるのでしょうな」円朝がかすかに首を横に振る。「ただ伝蔵さん、あたしはまだ――」

円朝は両手をそっと膝の上に置き、穏やかな目で伝蔵を見た。

「今のお話のほかにも、裏話がありそうな気がしているのですが」

「さすがに師匠は違いますなあ。へい、お察しの通りなんで」

伝蔵は一杯あおって語りだした。

「初日に早速、ちょっとした騒ぎがありました。二人連れの娘の一人が、例の生人形の前で気を失うという。ええ、まあこれも、私のほうで頼んで芝居をしてもらったんですがね。ですが師匠、そのあともまた、何人も同じような客が出たのは、これは、まったくの嘘偽りのねえ話なんですよ。これにゃあ実際、私自身呆れちまったくらいでして。ありゃ、どうしたっていうんでしょうかねえ。最初にこっちで用意した娘さんの件が、つまりは、まあ呼び水になったのかもしれませんがね」

俯《うつむ》いて少しのあいだ口を閉じていた円朝が、深く息を吐き、顔を起こすと静かに声を出した。

「貴重な楽屋話のあれこれ、秘蔵の珍宝を見せてもらうような思いで、耳を傾けました。いや、ありがたい。このようなお話、決して忘れることはないでしょう。それと、言うまでもありませんが、あたしが他言することなど、金輪際《こんりんざい》ありませんので、そこはどうかご懸念なく。

しかし伝蔵さん、もう一つ、秘中の秘とでも呼びましょうか、それがなお残っているように、あたしには思えるのですよ。あなたの口からは、やはり、言いにくいのでしょう。そこで、代わってあたしが、あたしの勝手な戯言《たわごと》を述べてみたいのです」

伝蔵の顔から、急に酔いが引いたようだった。

「あたしには、妙な道楽がありましてね。よりによって、幽霊の絵を集めるというものなのですが。幽霊画だけを言うならば、まあどうやら、あたしがその道の真打らしい。絵のほうの目利きも羨ましがるという、そんな名品も些か含まれていましてな。

月岡芳年の幽霊画も、その名品の一作。もしかしたら、これは、後年とんでもない値が付くようになるかもしれません。あたしは、見つめていると必ず、背筋が寒くなるような思いに囚われてしまう。そんな思いとともに感じるのは――、妖気、あるいは狂気。その絵に染みついてしまった尋常ならざる不吉なものでした。あたしはね、伝蔵さん、小曾根羊七の生人形を目にするたびに、それと同様の感じを常に持たざるを得なかったのです」

伝蔵も達二も、身動きをすれば何か災いが起こるかのごとく、じっと聞き耳を立てていた。

「今回の興行の、特別に展示された羊七作の生人形、文句のつけようのない傑作と言えるでしょう。もう目にすることはできないのだと思っていた羊七の作品を前にして、あたしは嬉しかった。一体ではあっても、よくぞ守ってくれた、と。

ですが、伝蔵さん、違うのですよ。確かに目にした瞬間は、羊七の生人形に会えたと胸が高鳴った。けれど目を凝らしていても、感じないのですよ。あの妖気、あるいは狂気を……」

うなだれた伝蔵の口から、かすかな呻き声が洩れる。

「それにしても、あれほどの西野文太郎の生人形を作れるのは、松本喜三郎も世を去った今となっては」円朝は囁くように言った。「この広い日本にもただ一人、安本亀八のみ——。そうではありませんか、伝蔵さん」

伝蔵の体から一気に力が抜けたようだ。力なく何度か首を横に振り、銚子に手を伸ばそうとしたが、途中で溜め息とともに手を止めて、そっと口を開いた。

「へい、こりゃあもう、一言もありやせん。まったく、こんなにたまげたのはいつ以来になるやら。そうですかい、いやあまさか、あの生人形が羊七作の物ではねえと、それを見抜ける人間がいようとは、露ほども考えなかったんですがねえ。

私の目には、どこをどう見ても、小曾根羊七の作と寸分違《たが》わねえ。へい、どこからも故障なんぞ出やしねえと、信じ切っていたんですよ。本当にたまげましたぜ、師匠、あれは亀八の生人形だろうと、急所を指されようとは……」

亀八の弟子の達二も、伝蔵と同じ気持ちらしい。俯いて小さく頷いている。円朝は視線を落としたまま言った。

「伝蔵さん、今のあなたの言葉通りなのですよ。あの西野文太郎の生人形は、その形自体をいうなら、寸分の狂いなく羊七の作。亀八さんの腕には、敬服するしかありません。

それで、亀八さんは、素直に承知してくれたのでしょうか。存在しないはずの羊七の生人形を作り、それを展示するのに、ああした方法をとるのを」

「いや最初は、その私の案に、戸惑っていたんですよ。ですがね、一晩じっくり考えて、翌日、はっきりと言ってくれました。出来うる限り、羊七作のあの生人形を甦らせてみよう、と。そうなりゃあ、東京中の話題になるのは太鼓判なんだ。興行の成功は疑いなし。ただね、師匠、私は今思うと、亀八さんは、なにも大入りだけのために、あの生人形を作ったんじゃねえって、そんな気がしてるんですよ。ええ、私と違って、金儲けのためじゃねえってね。

松本喜三郎は、もうこの世にゃいねえ。生人形の興行を先導するのは、安本亀八一人しかいねえんです。小曾根羊七があんなことにならなけりゃ、二人で引っ張っていけたのに。その羊七の生人形が一つも残ってねえなんて、あまりに寂しすぎる。亀八さんは、そんな気になったんじゃねえんでしょうかねえ。だからね、今度の自分の興行のためでなく、羊七の供養のためにも、あの生人形を作ったんじゃねえのかと」

円朝は片手を顎に当て黙って考え込んだあと、口を開いた。

「成る程、伝蔵さんのお考え通りかもしれません。よほどの覚悟がなくては、あれだけの西野文太郎の生人形はできはしないでしょうな。名品と呼ぶのに、躊躇する者はいますまい。可能であるのなら、あたしも、あの生人形が長く保存されるのを、是非とも望むのですが」

「え？　師匠、可能であるのなら——とは、一体どういうことなんで？」

「率直に申し上げましょう、伝蔵さん。あたしは、あの生人形が今後ずっと残るのは、実に剣呑《けんのん》だと思うのですよ。実際にあの作の前で気を失う人が、何人も出ています。伝蔵さんの策が壺にはまり、羊七の怨念が取りついていると、世間では信じてしまったようだ。となると、この後、そんな不吉な話を悪用して、人を危《あや》めたり、詭弁を弄して陥れたり、そのような不埒《ふらち》なことが発生しないでしょうか。あの生人形を利用して悪事を働く輩《やから》が、どうしても生まれそうな気がしてなりません。どうでしょうか、伝蔵さん。

今夜の話があたしの口から洩れる気遣いはありません。この興行は、楽日《らくび》まで大入りが続くでしょう。しかし、そのあともあの生人形を残しておくというのは、やはり、空恐ろしいとしか……」

前の通りには、人力車の行き交う音、芸者らしき女性の嬌声、酔客の騒々しい声がしていたのに、なぜかそれらがぴたりと止《や》んで、奇妙に感じるほどの静寂に変わった。

「――空恐ろしい、ですか……。こいつァ、どうも師匠のおっしゃる通りのことが起こるんじゃねえのかって、私も、そんな気がしてきました。

へい、今のお言葉、肝に銘じます。亀八さんも、近日中に熊本から戻ってくるでしょう。今の興行が終わったら、亀八さんによく呑み込んでもらって、あの生人形は師匠のお気遣いを無駄にしねえように、計らいやす」

＊

安本亀八は、熊本の親類の家の一室で、一人ぽつねんと、腕を組んで俯いていた。

七福神の布袋《ほてい》を思わせるようなその体軀。知らない人には、今ではもう並ぶ者のない希代の生人形師には見えないだろう。いや、微動もせずこうして座している姿は、彼自身がまるで、生人形の如く見えるかもしれない。

「とぜんなかね？　ぬたーっと、温泉にどんつかり行かしたらよかばい」

家人の女が、退屈そうに見える亀八にそう声をかけた。

亀八の気のない返事。これが最後の帰郷になるかもしれない当代一の生人形師は、己《おのれ》の来し方に沈潜していた。

《そうだった、あの明治維新の廃仏毀釈《はいぶつきしやく》が、俺の仏師としての渡世を、否応《いやおう》なく大きく変えたわけだ。あんな、国中で仏像を目の敵にする風潮の中で、どうして、木彫で仏像を作る俺の稼業が維持できただろうか。生人形師へと舵を切った俺の決断に、今更悔いなどない。そうとも、今ではその生人形作りで、日本一となったのだからな。これは、人を楽しませる見世物なんだ。だから俺は、あの生人形を羊七作とするのも受け入れた。それでいい、俺はあの馬鹿馬鹿しい廃仏毀釈の中で、見世物の世界で生きると覚悟したんだ。だが、当時あんな世相に揉まれながらも、俺とは違って》

亀八の頭の中に浮かんでいる名は、高村光雲だった。仏師に対する非情な風当たりにも必死で耐え、木彫の道を守り続け、東京美術学校教授となり、帝室技芸員に任命された、上野の西郷像の作者。光雲の息子が、高村光太郎《こうたろう》である。

目を閉じたままの亀八は、やはり姿勢もくずさずに、ただ深く溜め息をついた。

《光雲を思えば、それは確かに、俺の生き方が、あの当時の仏師が選ぶ最良の道だったとは言えないだろう。では、この俺も、あのまま愚直に木彫の道を進んでいれば、光雲と同じ栄光をつかめたのか。よそう、もう、今更こんな繰り言、詮無《せんな》いではないか。一度決めたこの生人形師の道、俺はとことん貫いてやる。観る者を楽しませ、そして、驚かして》

亀八は腕を解くと、笑みを浮かべて声に出した。

「しょんなか、俺は、肥後《ひご》のもっこすばい」

6

「まったくねえ、外骨先生、それだけは旦那もあたしに、打ち明けずにいたんですから。ほんとに驚くじゃありませんか、あの生人形が、小曾根羊七の作ったものではなく、実は安本亀八作だったなんて」

「それを、名人三遊亭円朝は見抜いたというわけじゃな。天性の眼光もあったであろうが、やはり、多くの幽霊画を集め、日々それらに囲まれて、何か特別な感覚を持つに至ったのかもしれん。で、そんな経緯を旦那は、そのあとは隠さずにあんたに話してくれた。いや恐らく、話さずにはいられなかったというところかの」

「そりゃもう、円朝師匠に恐れ入ってしまいましてねえ。あれを見破るなんて、とても普通の人間じゃない。ただの人間じゃなくて、例えば聖徳太子《しょうとくたいし》とか空海《くうかい》といった仙人みたいなもんだと、なんだかトンチンカンなことを言って。あたしゃ、旦那の頭のほうが心配になりましたよ」

「旦那の伝蔵さん、よほど円朝師匠に敬服したようじゃな。それにしても、なんで聖徳太子や弘《こう》法大師《ぼうだいし》が出てくるんかの。そりゃあ、あんたが心配になるのも尤《もっと》も至極」

「それより外骨さん、お登喜さんから、興行後に例の生人形がどうなったのかを、詳しく話してもらわないと。なにしろ、円朝師匠は、そのまま残すべきではないと忠告したんですから」

「おお、そこが肝心なところだった。どうもいかん、太郎さんのお株を奪って、我が輩も脱線してしまうとはの。さて、じっくりと聞かんとな。この世にないと思われていた羊七作の生人形の出現で、東京中がその話題で持ち切りになった。ところが実は、それは安本亀八が作ったという。この問題の西野文太郎の生人形は興行の後、一体どうなったのかね」

「それなんですよ、本当にもう。あたしゃそのことで、今でも時々、夢に魘《うな》されちまって。ええ、びっしょり汗をかいて目を覚ますことだって、たまにはあるんですから、まったく。旦那からあんな話を聞かなければよかったと、後悔しているくらいでしてねえ」

「なんじゃと、今でも夢に魘される？　まさか、今でも、あの生人形がどこかに残っているとかいうのではなかろうの」

「そうじゃないんですがね。生人形は興行の後、間違いなくこの世からなくなりましたのさ。でもねえ、外骨先生、そのなくなった時の様子が、もう思い出すのも嫌で嫌で……」

「あんた、まあそう言わずに、詳しく話してくれんかね。もしかしたらそうすることで、気が楽になるかもしれんぞ」

「ええ、細かい点は、もうはっきりとは覚えちゃいませんが、大体のところは誤りはないと思うんですよ。なにしろ旦那は、円朝師匠を聖徳太子と同じくらいに有難がったじゃありませんか。ですから当然、あの生人形は、興行が終わった後、処分してしまうことに決まりましてねえ」

「亀八の意見を聞いたうえでだね」

「はい、興行の終わる何日か前に、亀八さんは戻ってきてましたから」

「成る程、遠路はるばる戻っておった、と。で、その羊七作となっている生人形の処分に、同意したわけじゃ」

「最初はちょっと不満そうだったと、旦那は言ってましたがねえ。でも、円朝師匠が旦那に話した内容を聞かされて、結局は納得したそうですよ。

　ただ、旦那に一つ頼みごとをして。静かに名残《なごり》を惜しみたいから、処分する前の晩は、その生人形を前に置いて一人っきりになりたいって。なんだかねえ、不憫《ふびん》な思いにさせられるじゃありませんか。きっと、その生人形に精魂を込めたんでしょうよ。もしかしたら、自分の子供みたいな気持ちだったたんでしょうね」

「ああ、目の前で処分されるのは、さぞ辛かったじゃろうな」

「その日、亀八さんは同行しなかったそうですよ。目の前で燃やされるところを見るのは、耐えられそうもないって」

「なんと――、実に思い切ったの、それは。燃やしてしまうという方法をとったわけじゃな。で、あんた、そりゃどこで?」

「えーと、あれはどこって言いましたかねえ。多分、千住《せんじゅ》のほうの川っぷちじゃなかったでしょうか。うちの旦那が若い衆を何人か連れて。それと亀八さんの弟子の達二さん、それに新聞記者も何人か一緒で」

「新聞記者?」

「はい、それは、亀八さんが旦那に言ったそうなんですよ。もうこの世に存在しないというのを世間に知らせるには、身内だけで済ませるんじゃなく、新聞記者のような人に証人になってもらったほうがいいって」

「成る程の、そりゃ道理じゃ」

「別に前もって周りに話したわけじゃありませんから、勿論、見物人なんて一人もいやしません。ええ、見物人がいなくて、本当によかったんですよ。ほかに見てる人が集まっていたりしたら、そりゃあもう、どんな大騒ぎになったか分かりゃしないんですから」

「人形を燃やすだけなのに、そんな大騒ぎになるのかね」

「それがねえ、外骨先生、ただ燃えてなくなるだけなら、そりゃ騒ぎになんかなりませんよ。でも、違ったんです。あたしゃ、この目で見たわけじゃありません。それでも、旦那の話から、なんだかこう、瞼に焼き付いたようになりましてねえ。

よござんすか、その生人形を寝かして、火を点けたのは達二さんだったって聞きましたよ。それで、達二さんもほかの人たちのいる場所に戻り、みんなで生人形が燃えるのを見ていたんです。

そうすると――、こんなこと、あたしゃほんとに、思い出したくはないんだけど。いいですか、生人形は、急に上体を起こしたって言うんですよ、その燃えている生人形が。両方の腕を前に伸ばし、そのまま燃えて炎が全身を包んで――」

「面妖なこともあるもんじゃ」

「みんな、固まってしまったみたいになって、ただ黙って見ていたそうですよ。あんまり驚いて、声も出なかったんでしょうねえ。それにしても、一体、何だったんでしょうか。亀八さんの情が乗り移ったとか、それとも、羊七の怨念を、燃え上がった炎が呼び寄せたのかもしれません。

燃え尽きた後、みんなはやっと、憑《つ》き物が落ちたような気になって、このことは口外しないでおこうと相談したそうですよ。そりゃそうでしょう、どんな噂が広まるか分かったもんじゃありませんから。ただ、焼却処分にしたという点だけを伝えることにしましてね。

でもねえ、どっかから洩れてしまうもんですねえ。燃えているその生人形が動き出したって、そんな流言が少しはあったそうですよ。ただ、噂は広まりはしなかったんです。あまりに怪しい話なものだから、ただの冗談だと思われたのでしょう。でも、あたしゃ分かってるんです、それが本当の話だって。旦那はそれで何度も魘されたし、あたしなんか、今でも……」

7

——中山さん、なんですか最後が、探偵小説のようにすっきりと解決して終わるのでなく、得体の知れない怪談ですから、ちょっと気味悪い思いが残ってしまいますね。きっと、そのお登喜さんという人も、炎の中の生人形の夢に、魘され悩まされ続けたんでしょう。そりゃ後悔したはずです、そんな話、聞かなければよかった、と。

（おや、本田君、いかんいかん、探偵小説家を目指す君が、それじゃいかんよ。お登喜さんは、その《明治文化探偵会》の後、もうそういう夢に魘される嫌な思いは、しなくなったんだがねえ。《明治文化探偵会》も、時にはそんな立派な功徳《くどく》があるんだから、世の中面白いじゃないか）

——じゃ、それはつまり、燃えてる生人形が動いたのには、ちゃんとした理由があるんですか。で、その説明を、《明治文化探偵会》で？

（勿論、そういうことだよ。だって、本田君、いや——、松本喜三郎の場合から話したほうがいいかな。ほら、喜三郎の生人形に関しても、怪談じみた噂があったのを思い出して欲しいんだが）

——ええ、生人形の完成とともに、そのモデルとなった老婆が死亡したとか、夜中に生人形から声がするって話ですね。

（どうだろう、本田君、そういう噂は、実は興行側で、密かに手配して流したとは考えられないだろうか。当然ながら、喜三郎に名人と呼ばれるだけの技量があるからこそ、成り立つんだがね）

——噂を流したのは、興行側……。そうか、それで、その見世物は評判を呼び、見物人が押し寄せる。それは、安本亀八の場合も同様と考えていいんですね。

（ぼくァね、そんな噂が広まる時点から、もう見世物は始まっていると思うんだがねえ。それが、見世物ってもんじゃないのか、と。

木彫で作品を制作し、展覧会に出品したり、美術館に展示したりするのとは、違う世界の話なんだ。いいかい、亀八は、見物客を驚かせるために、実に器用な仕掛けも作っているよ。葉巻をくわえている口から煙が出たり、バネを利用して顔の表情を変えたりとかね。燃やすと途中で上体を起こす仕掛けくらい、亀八には、まあお安い御用だろう）

――そうか前の晩、亀八は一人っきりで、その生人形と一緒だったんだ。そこで、仕掛けを……。

（次の日、亀八だけは残って、燃やす場面を目にしなかったじゃないか。もしその場にいて、びっくり仰天するみんなの顔を見たら、笑いを堪《こら》えるのに苦労しただろうからねえ。まあ、一人で密かにニンマリしていたんじゃないのかな）

――見物人は少人数で、自分の作品は、この世から消滅してしまうにしても、か。どうせ処分しなければいけないのなら、そんな遊び心、あるいは、ただでは消滅させないという思いが兆《きざ》したかもしれませんね。

（観客は少なくても、亀八はちゃんと、新聞記者も含めたじゃないか。安本亀八は、見物人を面白がらせて驚かせる生人形師に徹しようと、腹を決めたんじゃないのかねえ。生人形師の道を、とことん貫いてやる、とね）

――はい、それが真相に違いないと、きれいに闇が消え去ったような気がします。そうなんですね、最後は怪談じゃなくて、《明治文化探偵会》は、きっちりと事件を解決してくれたんだ。

（今の話をお登喜さんにしてあげたら、お登喜さん、とても嬉しがってくれてねえ。ずっと頭の中に残っていた炎の中の生人形が、きれいさっぱり消え去った気がするって。それからね、この興行の後、安本亀八はそう長く生人形師の道を歩めたわけじゃない。明治三十三（一九〇〇）年、生人形の最後の名人と言われた男は、永久《とわ》に旅立った。そして本田君、なんだか不思議な気がするよ。同じ年に、希代の名人三遊亭円朝も、世を去ったのだから）

——そうだったんですか。ええ、偶然とはいえ、なんだか胸に沁みるものがありますね。二人の名人が揃ってというのも。

　中山さん、寂しい話ですけど、生人形というものは安本亀八の死とともに、消えてゆく定めだったんじゃないんですか。

（そうだね、形としては、亀八の息子がその名を継いで、生人形の道に進みはしたものの。いややはり、名人なんて呼ばれる者は、そうそう出るもんじゃないからねえ。ああ、安本亀八が最後の生人形師——、そんな言い方もできるかな。明治という時代の終焉とともに、生人形の歴史も、か。

　おお、そうだ、最後と言えば、本田君とのこの会合も次回で最後になるねえ）

——次回お話し頂く《明治文化探偵会》には、どんな人が出席したんですか。

（いや、《明治文化探偵会》は今回までだよ。なにしろ、次回は南方熊楠さんについて語るんだから、熊楠さんに集中しなくちゃ。こんなに逸話の豊富な人は、他にいやしない。

そうそう、それに、次回は彦ちゃんも参加するんだろう。考えてみれば、ちょっと変じゃないかな。なんで彦ちゃん、ぼくが熊楠さんの話をする時に……）

忘れない熊楠《くまぐす》

私は断言する、南方氏は奇人とか変人とか云うそんな小さなケタは、生れながらに超越した偉人であり哲人であると云うことを。而して南方氏こそ真に生ける日本の国宝であることを。

——中山太郎「私の知っている南方熊楠氏」

1

〈いやあ、本当に来てくれたね、彦ちゃん。最後まで南方さんの話をとっておいた甲斐があるというもんだよ、まったく。こうして、幼馴染《おさななじみ》の丘彦二郎と、南方熊楠について語り合う日が来るとはねえ。

彦ちゃん、そりゃあ南方さんはあれほど有名な人物だったのだから、新聞記者としては、その人物に関して相当の知識があるのは当然というもんだ。でも、彦ちゃん自身が、南方さんを直接知っているというわけじゃないよね〉

〈それが、会ったことがあって……。一度だけなんだが〉

——え？　丘先輩、丘先輩は、超人的頭脳とか大奇人と呼ばれている、あの南方熊楠さんに会ってるんですか?

〈そうなんだよ、あれは、大正十一(一九二二)年のことだ〉

(おお、大正十一年——、それなら、南方さんが、南方植物研究所の基金募集のために上京した年じゃないか。あの年、彦ちゃんも会っていたのか)

〈あたしが東京まで行って、そこで会ったというわけじゃないんだ。ほら、南方さんは何カ月も東京に滞在して、その間、日光《にっこう》へも足を伸ばしたじゃないか。あたしは日光まで出向いて、その旅館で、話を聞く機会を持てたんだ〉

(成る程、下野新聞記者の彦ちゃんが日光へ。こりゃ、当然至極な成り行きだ)

〈ただ、太郎ちゃん、南方さんと会えたのは、当然至極じゃない。旅館に押し掛けてきた新聞記者や雑誌記者は何人もいたけれど、みんな断られていたんだよ。そんな中南方さんと会えたのは、あたしが、太郎ちゃんと幼馴染だったからで。そうなんだ、あたしが太郎ちゃんの名前を出して、それで、南方さんは会う気になってくれたんだよ〉

(おやおや、じゃあ、知らないところで、ぼくァ、彦ちゃんの仕事の手助けをしていたってことかね。面白いねえ、そうかい、彦ちゃんが南方さんと会っていたとはな。

きょうは、こうやってわざわざ来てくれたんだ。何か彦ちゃんにも、特別な話題があるんだろう。どうする、彦ちゃんの話から始めるかい?)

〈それは——、南方さんについて、まず太郎ちゃんに語って欲しいんだよ。南方さんの『南方随筆』は太郎ちゃんが編集し、本の最後に、「私の知っている南方熊楠氏」という文章まで添えている。南方さんと太郎ちゃんの関係は特別じゃないか。あたしはどうしても、太郎ちゃんから南方さんについての詳しい話を聞きたいんだ。そうすれば、もしかしたら、積年の謎が解けるかもしれない〉

〈え？　謎？　こりゃまた、思いもよらぬ言葉が出たもんだ〉

〈日光の旅館で南方さんと会った時、そこでの南方さんの言葉に、あたしには、どうにも奇妙に思えるものがあった。できれば、きょう太郎ちゃんから色々と説明を聞くことで、その謎が解けたらなんて、僥倖《ぎょうこう》を期待しているんだ。

勿論、あとから、あたしの話も凡《すべ》て打ち明けるから〉

〈彦ちゃん、実にどうも不思議だよ。これから、ぼくだけが知っている、南方さんの奇談とも言うべき事件を披露するけど、それに伴って、ぼくにも謎としてずっと残っているものがあってね。ぼくの説明の後、三人であれこれと知恵を絞り、なんとかその謎が解けたりしたら嬉しいんだが。それこそ、僥倖というもんか〉

——私はまったくの部外者ですから、中山さんの話も、丘先輩と南方さんとの対談も、冷静に偏らずに考察できると思うんです。是非、その謎の解明とまではいかなくても、とにかく少しでも迫ってみたいですね。なんだか、ワクワクしてきました。

〈うん、本田君、本当に冷静に頼むよ。君は熱くなりすぎるという悪い癖があるんだから。特に君自身の嗜好、例えば、探偵小説が関わったりすると。いいかい、あたしの話には、一人の探偵小説家が関係してくるんだ〉

――え？　丘先輩、誰なんですか？　南方熊楠さんが絡んだ話に、探偵小説家が出てくるなんて。先輩、誰のことを言ってるんですか？

〈いかん、これは、あたしが先走ってしまった。本田君、落ち着いてくれ。まずは、太郎ちゃんから話してもらおうじゃないか。とにかくそれからだ〉

（いやまったく、話が脱線しない前に、肝心な話題に入るとしよう。これがねえ、まあ変わった内容なんだ。南方さん自身が、詳しく説明してくれたんだよ。二人にちゃんと理解してもらうには、先に、南方さんの異常と呼ぶしかない記憶力について、承知しておいて欲しいんだが。

南方さんが子供の頃から、その能力は発揮されていてね。『和漢三才図絵《わかんさんさいずえ》』、これは日本で最初の百科事典といっていいものだ。百五巻もあって。これを、小学生の南方さんは、記憶を頼りに全部筆写してしまった。南方さんはこう書いているよ。「書籍を求めて八、九歳のころより二十町、三十町も走りありき借覧し、ことごとく記臆し帰り、反古《ほご》紙に写し出し、くりかえし読みたり。『和漢三才図絵』を三年かかりて写す」

こういうのを、正真正銘の神童っていうんだろうねえ。百科事典がそうなのだもの、『太平記』くらいは訳なかったんだろう。古本屋で読んで記憶して、それで凡て書き写したそうだよ。いやはや）

――本当に、南方さんという人は、超人的頭脳だったのですね。子供の時の逸話だけで、充分納得できます。

（その頭脳があるうえに、南方さんの行動力というか、その生活の様相は、常人の想像を超えていた。アメリカ時代の、象使いの助手をやった件を話せばいいかな。南方さんは金を稼ぐのにサーカス団に入って、そこで象使いの助手になってね。西インド諸島を巡業するんだよ。団員には、英米だけでなく、フランスやイタリアそれに中国まで、様々な国の人たちが交ざっていたが、それらの言葉に南方さんはすぐ通じてしまうんだ。それから、巡業先の言葉さえもね。だから、サーカスの女性に届くラブレターを読んでやったり、その返事を書いてやったりしたそうだ。

それにしても、国際的に有名な学者になった人物で、そんな経歴を持つ人なんて、他に存在するとは思えないよねえ)

――そういう怪人物とでも呼べる南方さんが、柳田国男先生とともに、日本の民俗学の基礎を築いたわけなんですね。

(ああ、柳田先生が編集した雑誌、『郷土研究』。日本民俗学で最も重要な雑誌と言っていい。この雑誌はね、柳田先生と南方さん、二人のための舞台という見方もできるんだよ。『郷土研究』に発表した南方さんの論文は、とにかく、大変な数の文献の引用が含まれていてね。当然、南方さんのことだから、日本だけでなく、あちこちの国の色々な時代のだよ。ぼくたち凡人にはちょっと理解不能だけど、その引用の文章は、南方さんは書いている途中に文献を参照することなく、一気に書き進めるんだ。つまり、自分の記憶だけで論文を完成させた。こりゃ、まったく呆れるよねえ。

ただ南方さんと柳田先生は、皮肉なことにこの『郷土研究』が原因で、仲違《なかたが》いみたいな状態に

なってしまう。なにしろ南方さんは、自分が許せないと感じたことに対しては、歯に衣着せぬといった言葉で難じた人だもの）

——え？　何があったのですか？

（うん、それは後で説明しよう。まただいぶ脱線したようだ。まだ肝心な話に入ってないんだからね。ぼくァ、『珍事評論』について話さなくては）

——それって、なんですか。

（南方さんの、やっぱりアメリカ時代の話なんだよ。場所は、ミシガン州のアナーバ。ミシガン大学があって、三十人を超える日本人学生がいたという。ただ南方さんは、大学へは入らなかった。そういうところが、どうしたって常人じゃないよねえ。その三十数人の日本人学生とは、親しく交わったそうなんだけど。

ここで南方さんは、すべて手書きで挿絵まで添えた『珍事評論』という、まあ新聞を作ったんだ。日本人学生間で回覧させるためにね。それら日本人留学生に対する、南方さん独特の的確で斬新な人物評なども載っていて。時に辛辣で、時に諧謔につつまれ）

——珍品じゃありませんか。できれば、見てみたいものですね。

（南方さんは三号まで作ったんだ。一号は南方さんが日本に持ち帰ったので、ずっと田辺の南方さんの家に残されていた。だから、これは今でも見られるよね。でも、二号と三号は、誰かが保管しているのか、それとも、もう消滅しているのか、それも分からなかった。

ところがね、大正となって数年経ったころ、南方さんが帰国する時に持ってきた向こうの新聞の中に、三号が挟まっていたのが、偶然見つかるんだよ。南方さんはそう知らせたんだ、当時のアナーバの日本人留学生だった人たちに。

この知らせの中に、南方さんはこう付け加えた。偶然見つかった『珍事評論』を肴《さかな》に、アナーバの日々を思い出しながら酒を酌み交わそうじゃないか、と)

――アメリカへ留学していたような人たちですから、帰国してから、東京で相当の職を得ているのではないでしょうか。とするなら、南方さんがその『珍事評論』を持って、東京まで出向くということだったのですか。

(いや、南方さんが手紙に書いた酒宴の場所は、和歌山駅近くの旅館だったそうだよ)

――和歌山で、大阪あたりに住んでいる人でしたら、まあ、参加も容易でしょうけど。しかし、東京方面から、わざわざ来るような人がいるとは思えませんが。

(何人集まったか、南方さんは話してくれたんだがなあ。いや、もう忘れてしまったな。多分、四、五人くらいの数だったんだろう。だけどね、本田君、一人、東京よりもさらに遠い、群馬県からやってきた男がいたんだ。

南方さんが会おうとしたのは、その人物だったんだよ。それが目的の、酒宴の計画だった)

『珍事評論』三号が見つかっただと？　これは何か、悪い冗談なのか……。あの熊楠のことだ、馬鹿な冗談で、俺たちを和歌山まで呼び出す真似だってやりかねない。そんな無意味な冗談なら、ただ無視してやれば済む話なのだが。

しかし、これが本当だとしたら、一体どうなるのか。何人集まるのかは知らないが、『珍事評論』を回し読みして、当時の思い出話に大いに花が咲くだろう。

当時の思い出話、か。尽きることのない、あの頃の記憶……。

そうなのだ、凡てが甦るに決まっている。間違いない、思い出話をする連中の中に、あの南方熊楠が入っているのだからな。熊楠の記憶の良さといったら、人間離れをした、まるで化け物みたいなものだった。

熊楠は、酒を呑むのも桁外れだった。呆気《あつけ》にとられるほどの量を呑み、常人なら前後不覚に陥るべきところを、あの男は、酒宴の一部始終を克明に覚えていたというのは、まったくどういうことなのか。

記憶のいい人間が物事の経緯をだいたい思い出せるといったものとは、明らかに種類の違った能力だった。熊楠はその気になれば、他人のしゃべった内容を、言葉遣いもそのままに全部思い出せたのだろう。そんな気がしてならない。

そうだ、何人かで評判の芝居を見に行った時、下宿に帰ってからその芝居の話を始めて、俺たちはあまりのことに言葉を失ってしまったのだ。熊楠は、芝居の正確な筋どころか、役者一人一人の台詞《せりふ》を完全に再現したのだ。

勿論、それが本当に間違いのない正しい台詞だったのかどうか、それは確かめようがなかった。だが、誰もはっきりと疑いをはさめなかった。それで、熊楠はかなりの小遣いを稼いだんだ。いくら熊楠でも、芝居を一度観てその全部の台詞を覚えるのは無理だろう。それを、俺たちは賭けにした。さすがにそこまでの記憶力なんてあり得ない、皆がそう思った。ただ一人、熊楠本人を除いて。

そんな熊楠が中心となって思い出話をすれば、あの当時の、様々な細かな点まで、集まった連中の脳裏に甦ってくるのではないのか。

そうだ、もし、大河内《おおこうち》が参加するのなら、大河内は、俺が話したあのことを……。

『珍事評論』三号が実際皆の前に提示されたなら、話題は、俺のあの件に集中するかもしれない。俺について、皆はあれこれと好き勝手な憶測を述べるだろう。そもそも、『珍事評論』に熊楠が書いたあの自信に満ちた言葉、あれは、ハッタリではなく真実なのか？　あの人間離れをした熊楠なら、それもあり得るかもしれないのだ。

やはり、和歌山まで、行くべきなのかもしれない。

そうとも、遠く離れたこの群馬で際限なく気に病んでいても、何の解決も得られないのは分かっている。もしかしたら、『珍事評論』三号の発見などというのは冗談で、熊楠は単に昔の仲間と酒を酌み交わしたいだけなのかもしれない。愚かにも、俺が独り相撲をとっているだけかもしれないのだ。

そうだな、よし参加しよう。わざわざ和歌山まで行くことによって、俺には後ろめたい点など何もないという証《あかし》にもなるじゃないか。

――中山さん、群馬から参加した男に会うのが南方さんの目的だったというのは、一体、どんな理由があったのですか。

(その男の名は、戸田清一郎《とだせいいちろう》といってね。群馬の桐生《きりゅう》に住んで、織物組合の理事か何かをやっていると、南方さんから聞いたように覚えているんだが。

この戸田に関して、昔の留学生仲間のあいだで、どうも妙な話が流れたそうなんだよ。帰国して故郷の桐生に戻り、そこでずっと順風満帆と見える暮らしを続けているのは、ひょっとしたら、本物の戸田清一郎とは違うんじゃないか、とね)

――本物じゃないって、よく意味が分かりませんが。

(うん、いや、ちょっと説明が必要なんだ。アメリカのアナーバ時代の留学生仲間に、森隆《もりたかし》という男がいてね。この森の特技と呼んだらいいのか、あるいは才能、それがどうも変わっていたんだよ。

仲間の留学生の喋り方やしぐさ、それに声そのものを真似させたら、その見事さに、みんなは神業《かみわざ》と言って称賛していたという。そんな中でも特に、この森と戸田清一郎は、体つきがほとんど同じでね。それに、顔自体もちょっと似ていたらしい）

――中山さん、じゃあ、森隆が戸田清一郎に成り代わっていたと？

（そうなんだ、なにしろね、アナーバの大学時代、森は戸田の振りをするという悪戯《いたずら》で、何度か仲間たちを驚かせている。それが暗い場所だったり、少し離れたところからだと、親しい留学生でも区別がつかなかったそうだからねえ）

――でも、なんだか変ですよ。だって帰国後、森が群馬で戸田清一郎に成り代わっているとするなら、森の方はどうなるんですか。森の家族とか親類とか、地元の知り合いとか。

（そこなんだよ、本田君。いいかい、戸田と森の二人は、留学生仲間たちの中でも特に仲が良くなってね。留学生活が終わり帰国する前に、二人だけで、アメリカの各地を旅行したんだよ。その折、場所はどこだったか忘れてしまったが、大事故に遭遇した。観光船での遊覧の最中に、火災が発生して船は沈没、何人もの乗客が水死という災厄なんだ。

その大惨事で、森隆は死亡し、戸田清一郎は生き残った。そう伝わっている。だから、森の実家へは、彼の死亡通知が届いたはずだ）

――あの、中山さん、もしかして、戸田清一郎の群馬の家というのは、家の資産を考えた場合、富豪として知れ渡っているような財産を所有しているんですか。つまり森隆は、実際は自分が生き残ったのに、死亡した友人の代わりに、戸田家の財産を狙い、戸田清一郎として帰国した。それが真相、だと？

（いや、これがねえ、そんな事情なら話は分かり易いんだが。大富豪なのは、森の家の方なんだよ。戸田の家も裕福ではあるんだが、大金持ちと言えるほどのものじゃない。だからこそ、その観光船の大惨事の後、ずっと長い間、疑いは生じなかったんだ。本当に死んだのは戸田の方で、森が成り代わっているのでは——なんて疑いはね。

だいぶ経ってからそんな疑惑が生じたのには、ちょっとした理由があるんだけどね。そうそう、すこぶる大事なことを言い忘れていたぞ。これを説明しなけりゃ、何も始まらないな。『珍事評論』、そうなんだ本田君、『珍事評論』三号の中の記事、これこそが話の中心となるんだよ）

——中山さん、『珍事評論』三号が、一体全体どうしたっていうんですか？

（『珍事評論』には、留学生仲間について、色々な出来事やら噂話やら、そして南方さんならではの人物評などが記されてあると話したよねえ。特に三号には、森隆が仲間から絶賛されている、他の人物を真似る特技について、重要なことが書かれてあったんだよ。

さて、その重要な点に入ろう。南方さんは、記事の中で何を述べたのか。森隆が仲間を驚かせようと戸田清一郎に扮した場合、留学生たちには、それが戸田本人なのか森の変装なのか、識別が困難だったよね。ところが南方さんは、一目瞭然で、どちらなのか区別できると書いたんだな。他の人間は識別が無理といっているのに、『珍事評論』の記事には、一目見ただけで判別可能、と。

どこを見ればそれが可能なのか、それは書かれていない。いやはや、一体どうすれば、一目瞭然で見抜けるというのか）

3

……一目瞭然。俺はその言葉を今でも覚えている。おそらくほかの連中は、熊楠が『珍事評論』の中の文章にそんな言葉を使ったのを、忘れているに違いない。だが、俺の脳裏にはその文字が刻み込まれた。

俺が鮮明に覚えているのは当たり前だ。熊楠はこの俺に対して、そんな言い方をしたのだから。

しかしそれにしても、熊楠は真実を述べたのだろうか？　ひょっとして、『珍事評論』を手にする読者のために、好奇心を刺激しようと大袈裟にそんな表現を使ったのか？　これが熊楠でなくほかの人間の言葉なら、真実なのかなどと思い煩ったりはしない。俺には、絶対の自信があった。当時、俺が戸田清一郎の姿に扮した時、それを見抜ける留学生など存在しなかったのだ。

だが――、ただ一人、あの男なら。

熊楠には、そんな気にさせる何か得体の知れないところがあった。そうなのだ、やはり、あの男の正体というものが、アナーバ時代からいまだに、俺には分からない。

和歌山へ向かう列車の中で、そんな風に熊楠という男に関して、あれやこれや堂々巡りのように考え続けていた。ただ、さすがに、正体の知れない男に対する思案にも疲れ、俺はふと、大河内とのアナーバでの会話を思い出した。

「え？　そんな森君、帰国したくない、家族とは絶縁したいなんて――。だって、君の家は県でも有数の富豪だっていうじゃないか。悪い冗談にしか思えないけど」

大河内は目を見張って俺の顔を凝視した。俺が本気なのかただの戯言《たわごと》なのか、測りかねているような表情だ。

「大河内、俺はそんな冗談なんて言わないよ。しかし、家の恥をさらすような話だから、ずっと秘していただけで。黙ったままでいようと思ったけど、なんだか気が重くてさ。打ち明ければ、少しは気持ちも楽になるかもしれない」

留学期間も終わりが近づき、俺は、沈思黙考型の大河内になら、話しても差し支えないと感じたのだろう。

「僕でいいなら、森君、詳しい話を聞かせてもらうよ。他言してはまずいことなら、沈黙は守れるつもりだ」

「ああ、大河内なら信用できる、ありがたい。しかしまあ、そんな大層な話じゃないさ。もしかしたら、どうしてそれくらいで悩む必要があるんだと、呆れる人間もいるかもしれないんだが。いや、さっき大河内が富豪って言ってたけど、それが、諸悪の根源なんだと思えて。人間がしっかりしていないと、大金がその人間も家も、腐らせてしまうってことなんだろう。父親はその有り余る金を何に使ったと思う？　女だよ、妾《めかけ》なんだ。それも一人や二人じゃない。近隣に知れ渡っている話でさ。おまけに父親は、そんな評判が立つのを自慢するほど厚顔なのさ。馬鹿馬鹿しい」

「それじゃ奥さん、森君のお母さんも心労が絶えないだろうね」

「俺の母親は、俺が十歳の頃病死したんだ。すると父親は、やけに若い後添えを貰ってさ。その人とは、俺はほとんど話もしないよ」

「それなら、その後妻が、森君の父親の女遊びに苦しんでいるわけか」

「いや、それがそうじゃないから呆れ返る」

「――え？」

「この後添えの女も、どうやら、密通している男がいるようなんだ。俺の父親がそんなだから、別に罪悪感もないいんじゃないのか」

「そんな――」

大河内は囁《ささや》くように声を出して、何度も首を横に振った。

「俺には年の離れた兄がいるんだが、この兄も、父親と同じ種類の人間でな。ただ、兄の嫁はまともな女性らしい。兄が何人か愛人をつくっているのを、どうにかしてやめさせようと諍《いさか》いが絶えないと聞いている。だが、兄は変わらないだろうな。

そんな父親と兄が、手紙をよこした。俺が帰国したら、すぐに結婚式を挙げられるように準備しているという内容なんだが。相手は、一度も会ったこともない女性だよ。銀行の頭取の娘だそうだ。父親と兄のための結婚なのは見え見えさ。

それでな、大河内、手紙には脅しの文句まで入っていたよ」

「脅し？　まさか」

「俺が、その結婚を受け入れなかったら、留学の費用は全額返還しなければならないそうだ。よくそんなことが言えたもんだよな。せめて母親が、生きていてくれたら」

大河内は口を開いたが、言葉が見つからないようだ。

「俺が戸田の真似をすると、みんな、本当にそっくりだって言うけど」俺は苦笑して言った。

「実際、戸田の代わりになって、そっちの家に帰りたいくらいだよ」

「確か戸田君は、養子に入って、その養家というのは群馬県だって聞いたけど」

「そうさ、桐生なんだ。養母が独りだけだそうだよ。何人か、使用人は一緒にいるって言ってたな。養母というのは足は悪いし、視力もだいぶ弱っていて、戸田のことを心底頼りにしているらしい。戸田の帰国を、一日千秋って思いで待ってるのかもしれないな。

すごく優しい人で、戸田も、俺に会わせたいなんて言って」

「話を聞いてみると、成る程」大河内はちょっと切なそうな笑みを浮かべた。「森君の帰国したくない、家に戻りたくないっていう気持ちが、僕にも理解できる気がするよ。そうだね、その手紙にあった結婚の話にしても、それはあまりに……」

大河内と俺はほとんど同時に、深く溜め息を洩らした。

4

列車の中で、アナーバでの大河内との会話を、鮮明に思い出したりしたものだから、俺は当然のように、和歌山での集まりには、大河内も参加するものとばかり独り決めしていた。

ところが、そうではなかったのだ。

列車の遅れもあり、決められた時間を過ぎてから会場の旅館に着くと、熊楠を含めて四人で既に宴会は始まっていたのだが、そこに大河内の姿はなかった。

「いやあ、戸田、来ないのかと思ったぞ」

「よく来たなあ、さあ、ここだここだ」

「まずは、駆けつけ三杯や！　ほら、座って」

「戸田清一郎、懐かしいの。すまんが、儂《わし》らはもう大分できあがっとる。群馬からとは、まことに、貴公は珍客じゃ」

「戸田清一郎と呼んだのは熊楠だった。俺はその言葉で、急に気持ちが軽くなるのを感じた。内心ずっと、不安なものが胸の底の方に淀んでいたのだ。顔を合わせた途端、あの得体の知れない南方熊楠という男は、俺を森隆と呼ぶのではないか……、と。

宴席に大河内の顔がなかったのも、又、熊楠にいきなり戸田清一郎と呼ばれたのも、俺には意外と言ってもいい展開だった。同じように予想が外れたのは、それで忽《たちま》ち体の硬直を覚えたのだが、熊楠の席の横に、『珍事評論』三号が置かれていたことだろう。ひょっとしたら、この三号が見つかったなんて、宴会を開くための熊楠の冗談なのでは——との思いも、消えることなく頭の隅に残っていたのに。

『珍事評論』は皆の手から手に回され、記事の内容に大いに話が盛り上がったに違いない。それなら、留学生たちが舌を巻いた俺の変装を、熊楠は一目瞭然で見破れるとの記事も目にしたはずだ。それは、一座の恰好の話題にならなかったのか？　あるいは、俺以外の人間には、特に興味を引くような話ではなかったのだろうか……。

いきなり『珍事評論』を見たいと言うのも唐突すぎると思い、意識してそちらへ視線をやらずに、無理に酒杯を重ねていた。顔は強張っていただろう。堪《た》え切れず俺は、誰に言うともなく声に出した。

「ほら、見つかったという『珍事評論』三号を、ちょっと見せてもらおうか」

些《いささ》か調子の外れた声だったかもしれない。

手渡された『珍事評論』を、俺は注視した。このために、群馬県からやって来たのだ。手だけではなく、体全体に力が入っていた。

その記事はすぐに目についた。記憶の中に断片となって刻まれていた内容と齟齬はない。そして、強烈に、目の前の刃《やいば》のごとく迫るその言葉——一目瞭然。

ただそれでも、熊楠はこの部屋に入る俺を見て、戸田清一郎と呼んだ。どうやら俺は、あの男の能力を過大に評価して、自らを追い詰め、根拠のない怯えを抱いてしまったらしい。出席している連中も、問題の記事にまったく触れないではないか。なんということだろう、ただ自分の描いた幻影に踊らされていただけとは。

そう心が定まると、俺は、酒を呑むというよりも呷《あお》るといった勢いで、盃を運ぶ手を速めた。心の重荷が消えうせた感じだった。

大声で喋りあい笑いあい、留学当時の寄宿舎でやらかした、大騒動となった悪戯の話題が落ち着いたところで、俺は憚《はばか》りに立った。

自分では、そこまでは酔っていないと思っていたものの、どうやらかなり回っていたらしい。手をふきながら戻る途中、いきなり腕を摑まれて、もう少しで声を上げるほど驚いたのは、酔いのために人影に気付かなかったからだ。

その人影は熊楠だった。熊楠は俺を促し、一階のロビーまで導いた。

ロビーのソファに、熊楠と俺の二人のみ。二階の連中のざわめきも、ここまでは届いてこない。

酔眼を熊楠の顔にじっくり据えると、時の経過がその顔貌に与えた変化に、俺は正直、胸を突かれた。これは一体、どういうことなのか？　留学時代からこれまで、当たり前の話だが、俺たちは同じ時の長さを刻んだはずなのに、熊楠だけは、他の者よりもずっと長い時間を生きてきたとしか思えない。まったくの話、南方熊楠は俺たちよりも、何歳も年上になってしまった感じなのだ。

当時は、あまりに目の輝きが鋭いものの、それでも美男と言ってもいい容貌だった。それが、今目の前にいる熊楠は、相撲取りのあんこ型そのものの体形となり、顔も体と一緒にまん丸に――。

「どうじゃ、桐生の養母というのは、今はどうしておる」

熊楠の容貌に不思議な時の流れを思い、言葉も出ない状態だったから、その問いに、俺はどぎまぎしながら答えた。

「変わりはないというか、いや、もう相当な年だからね。体はだいぶ弱ってはいるけど、とにかく会話はできるんだよ」

「そうか、まあ、貴公がいるので安心じゃろ。貴公、子供は？」

「うん結婚が遅かったので、まだ小さいんだが、三人いる」

熊楠の表情に特に変化はない。俺は当然、熊楠は俺を戸田清一郎として質問しているのだとばかり思っていた。ところが、そうではなかった。

「で、森、貴公が戸田清一郎として生きようと決心したのは、いつのことなんじゃ」

熊楠のこの言葉が、それまでの体中の酔いを一挙に奪った。俺はなんの返す答えも頭に浮かばず、ただ体を硬直させて、同い年のはずなのにずっと年上に見える目の前の男から、視線を外せなかった。未知の人物に対するごとく――。

「森、正直に答えてくれたらいいんじゃ。今更の思案はいらんぞ。例の観光船の沈没、その時なのかの」

アナーバ時代と同じく、人の心の裏側まで照射するような熊楠の眼光に、俺は無益な言い訳などには意を用いず、とにかく真実のみを話そうと意を決した。

「ああ、そうなんだ。俺の方が生き残った状況に、どうせなら戸田が助かればよかったのにと感じたよ。戸田の帰国を、桐生の養母はどれほど待ち焦がれているか。そしてもし、その戸田の死を知らされたなら、老いの胸に、どんなひどい痛手となるのか……。

　そんな思いは、俺の頭の中ですぐに薄らいだ。それは、突拍子もないことを思いついたからなんだよ。それなら、そういう事情なら、俺が戸田清一郎として帰国すればいいじゃないか。それで、すべてが丸く収まる。俺はそう考えたんだ、熊楠。こんなこと、勝手な言い草と指弾されるかもしれないが、戸田の奴も、きっとそれを望んでいる――、そんな気がしたんだよ」

「戸田と貴公の仲なのだから、その知識は豊富じゃろうが、たとえば戸田の親類の者との会話などで、何か話が合わなかったりとかは、なかったのか」

「俺は、記憶に障害が生じたらしいと説明した。あの船の事故で、俺も死の間際まで行き、仮死状態に陥ったのが原因なのだ、と。誰もが、その説明を信じたよ」

「そうか、奇異な運命に巻き込まれたの。そうかもしれん、貴公の言うとおり、戸田清一郎も、冥土で感謝しておるな。儂もそれで気が休まるというものじゃ」

「じゃあ熊楠、この秘密を守ってくれるのか？」

「当たり前じゃ、遠い昔の話をほじくり返して、得をする者など誰もおらん。不幸をつくり出すだけではないか。

　森、今夜のこの会合、なぜ計画したと思う。そりゃ、大河内に相談されたからでな」

「え――？　大河内が、一体どうして」

「ああ、ひと月くらい前かの、大河内は、アナーバ時代の友人数人と大いに酒席で盛り上がった。その席で大河内は、ずっと秘密にしてきた貴公との会話、ほれ、貴公の家の内情や無体な結婚話とかを、もう話してもよかろうと、話題にしたんじゃ。

　すると、これがまずかった。それなら、今の戸田清一郎は、もしかしたら森隆が成りすましているのかもしれない。調査をする必要があるのでは――、などという成り行きになってな。他の連中がそう騒ぐのを、大河内が鎮めた。大河内は、『珍事評論』三号の記事を覚えておったんじゃ。それで、まあ難なくほかの連中を説得しての。儂ならどんな変装でも一目瞭然で見抜く。だからヘタに騒ぐより、まず儂が戸田清一郎に会ってみるのが一番であろう、とな」

「そうだったのか、そんなことが……。それで、俺を一目見て本当にすぐ戸田じゃないと分かったのか？」

　熊楠は笑顔で答えた。

「いいや、儂にも、戸田清一郎に見えたがの」

「それなら、一目瞭然というのは――」

「ああ、一目瞭然で森隆と分かったぞ」

「何を言ってるんだ、熊楠。おい、ちゃんと説明してくれよ」

「一目瞭然で分かるのは、後ろ姿なのじゃ。人の顔がそれぞれ違うように、一人一人、後ろ姿には特徴があっての。アナーバ時代の連中の後ろ姿は、記憶に刻まれておる。であるから、貴公が憚りへ行こうと儂に背を向けた時、そこに、紛《まが》うかたなき森隆の後ろ姿を目にした次第での。まあ、気にするな。儂は誰に訊《き》かれても、貴公の後ろ姿は、戸田清一郎の後ろ姿と断言するつもりじゃ」

南方熊楠の腹の底からの笑い声。俺はなんだか呆然として、たぶん寝ぼけたような顔で熊楠に目を向けていたが、急に思い出して、掠《かす》れた声を出した。

「それにしても、実にうまい具合に、『珍事評論』三号が見つかったものだな。奇跡と言いたいくらいだ。熊楠、君が帰国してからだって、もう十年は経つだろうに」

「そううまく出てくるもんか。ありゃ違うぞ」

「え？　違うって、何言ってるんだ。だって、『珍事評論』があるじゃないか」

熊楠は、出来の悪い子供でも見るような表情を俺に向け、あっさりと言った。

「貴公を呼ぶ口実にしようと、思い出して書いてみた。細かい言葉遣いには少しは相違があるかもしれんが、ほぼ、あんなもんじゃろ」

5

――南方熊楠という人の、超人的頭脳にまつわる話は、大袈裟ではなかったのですね。『珍事評論』三号に関する逸話を聞いて、本当にそう納得させられます。中山さんはその件を、南方さんから直接？

（大正十一年、南方さんが上京した折のことだった。なにしろ、ぼくァ、南方さんが逗留する宿に、そりゃあよく顔を出したからねえ。

確かに、この『珍事評論』三号の話は南方さんらしくて非常に面白い。そして、いくつかの不可解だった点もすべて説明されて、一つの謎もないように見える。でもね本田君、違うんだよ、ぼくにとっては）

――中山さん、何が違うと言うんですか。

（南方さんはね、この話をしてくれた後で、こんな風に言ったんだ。『民俗趣味』の舞台裏と似通っているじゃろ――、と。ぼくァ、ポカンとした顔をしていたと思うんだよ。何のことか理解できなかったからねえ。一言も、返答できなかった。

ぼくのそんな様子を見て、南方さんは、「ま、この話はよそう、舞台裏には立ち入られたくないものじゃ。儂も、根問いはせん。気分の良い話ではないしの」と静かに話して、その件にはもう触れなかったよ。ぼくは、どうも釈然としなかったんだけど）

――『民俗趣味』とは、何を指しているんですか。

（ぼくが編集していた雑誌でね。もっとも、この時には既に廃刊になっていた。二年くらいしか続かなかったんだ。

いやあ、それより問題はそれからで。この時の釈然としないなんて気持ちなど、どっかに吹き飛んでしまうような出来事が、時を経て起こってね。いやまったく、これが未だにぼくを困惑さ

せるんだよ）
――中山さん、その出来事にも、南方さんが絡んでいるんですね。
（そうとも、南方さんの手紙の内容に関することだからね。でも、ぼくに来た手紙じゃない。宮《みや》武省三《たけせいぞう》という、民俗学の研究者がいるんだが、この宮武君に出した南方さんの手紙の文面なんだよ。なにしろ辛辣すぎて、それで、宮武君は心配してぼくに連絡してきたんだ。一体、何があったのか、とね。そう訊かれても、ぼくにも分からない。文面の肝心な部分はこうなんだよ。

此の中山というは軽薄なる人にて、まことに目から鼻にぬける才物ながら、民俗学を学問としたき望みは少しもなく、ただその場当りを考え、いわば糊口、金もうけに一心にて、うそをも云いかねず、不確なることも述べ、臆面もなく色々のことを牽強し、甚だしきは捏造もする事は……

実にどうも、ただただ愕然とするばかりじゃないか）
――本当ですね、南方さんがそこまで批判するなんて。中山さん、南方さんは何に関して、このような言葉を使ったのか、まったく心当たりはないのですか。
（いや、そりゃあ、あるにはあるんだよ。やはり、『民俗趣味』に関してなんだと思う。ぼくもね、出来るものなら、柳田先生の『郷土研究』みたいな雑誌を編集したかった。しかし、まあぼくの力では無理というもんだ。それでも、当時ぼくァ、大きな出版社の編集部にいたのでねえ。

とにかく話題を作って、その雑誌を売らなきゃならない。それで、恥ずかしながら、南方さんの文面にあるように、「金もうけに一心にて」と言われても、仕方のない部分もあったと認めるしかないんだ。

だけど、「甚だしきは捏造もする事」というのは、どうしても分からないんだがねえ)

——その『民俗趣味』に関して話題を作ってとは、一体どういうことなのか、教えてください。

(まず知っておいて欲しいのは、ぼくはこの『民俗趣味』で、とにかく多くの人に、民俗学に興味を持ってもらおうと思った。だから、掲載するものも、なるべく平易で面白そうな話題を選んでね。民俗学に興味を持ったばかりの読者からの投稿も、だいぶ採用したよ。そんな中で、黒沢《くろさわ》英二《えいじ》からの論考が、かなり大きな話題になったんだ。いや、この言い方はよくないか。うん、黒沢英二自身が、話題になったと言う方が正確なんだがね)

——え？　どういうことですか。

(彼は学生だったが、新派俳優の伊井蓉峰《いいようほう》の若い頃の面影によく似ていてね。伊井は美男で有名だったのだから、勿論、黒沢英二も好男子で。ただ、彼は結核のためにずっと自宅で療養していた。ぼくァ、そんな若者が民俗学に強く惹かれ、『民俗趣味』に投稿までしているという事実が知れ渡ったら、こりゃ相当な関心を集めると思ったよ。

それで、彼の論考を載せるときは、必ず彼の写真も一緒にそこへ加えたんだ。ああ、投稿者の紹介として、結核で療養中との説明も。その記述を彼も同意してくれた。

黒沢英二の論考は、最初は、柳田先生の『後狩詞記《のちのかりことばのき》』についての考察だったな。それから、隠れ里や物乞いに関する投稿もあって、すべて掲載したよ。彼の写真とともにね。そのお陰で、若い女性の読者が増えたんだ。まあ、こんなのは、南方さんは嫌がるだろうけどねえ）

——それにしても、よくそういう若者が存在したものですね。『民俗趣味』がそれで人気を得たのも分かる気がします。

（初めは、黒沢英二の友人が手紙をくれたんだよ。『後狩詞記』についての文章と彼の写真、そして、彼の自宅療養の事情を説明して。友人の名は、野尻守《のじりまもる》といった。

ぼくは一度だけ、黒沢英二の家で彼に会った。そこには、野尻守も来てくれてね。黒沢が文章を書くのに必要な資料は、野尻が黒沢の注文通りに用意してくれたそうなんだよ。そんな友情が絡んでいるのも、黒沢英二が人気を得た一因だろう。本当にもっと、長生きして欲しかったがねえ）

——もっと長生きって、じゃあ、やはり結核で？

（ああ、残念ながら、『民俗趣味』が廃刊になる数カ月前だったかな。野尻守が知らせてくれた。それから、ちょっと気になることがあったんだ。廃刊の前後だったと思うが、野尻守と連絡が取れなくなってしまってね。いやなにも、ぼくの方で調査をしたわけじゃないんだが、どうやら、行方不明になったらしくて……）

——なんだか変ですね。あの、中山さん、まさかそれが黒沢英二の死と関連しているって話じゃないでしょう？　黒沢の死の原因は結核で、そこに不審な点はないのですか。

（彼の死に、不審な点なんて何もないよ。なにしろ、『民俗趣味』によって有名になった彼なのだから、ぼくもその死については、詳しい事情を聞かせてもらったし。
まあいずれにしても、もう昔の話になるねえ。野尻守も、それからどうなったのか。何と言っても、あの長い戦争があったからねえ）
――あ、そうそう、『民俗趣味』の話を聞いて、一つ思い出しました。柳田先生と南方さんは、柳田先生が編集した『郷土研究』をめぐって、仲違い状態になったんですよね。それについて説明してくれるということでしたが。
（おお、そうだったね。いやあ、『郷土研究』の最終号が一番の問題なんだよ。この号にも勿論、多くの投稿者の名が載っている。ところがね、本田君、それらの論文を書いたのはいいかい、柳田先生ただ一人。つまり、みんな柳田先生の仮名ということになる。
しかし、南方さんならそれを、偽名と呼ぶだろうね。こんなことが、南方さんは大嫌いだったからなあ。そんな真似をして投稿者が多数と見せかけるのは、読者を欺《あざむ》くものではないか――、そう立腹するに違いない。うーん、南方さんなら、やはりそうなるだろうな。
でもね、柳田先生のお気持ちも分かるんだ。ほら、ぼくが『民俗趣味』でなるべく多くの人を民俗学に引き寄せたかったように、きっと柳田先生も、民俗学を志す人が増えるのを願っていたんだ）
――色々と興味深い話を伺いましたけど、私には残念ながら、例の、中山さんにとっては一番肝心な、中山さんに対する激しい非難の手紙の文面、その理由が思い当たりません。中山さんがずっと抱き続けてきた謎には、私なんかの力では、とうてい近づくことも無理なようです。それにもう、南方さんに尋ねるのは不可能ですし。

〈そうなんだよ、南方さんが亡くなったのは、昭和十六（一九四一）年だった。ぼくァつくづく、蛮勇をふるって南方さんに疑問をぶつけてみればよかったと思うよ。南方さんにとってはあまりに理の当然であり、それを他の人間も承知しているものと、あの天才は考えてしまう向きがあった。南方さんとぼくら常人とは、頭の出来が違うのにねえ。まあそうは言ってみても、後の祭りか。

いや、こんな繰り言を並べてもしょうがない。さあ次に、彦ちゃんの話を聞こうじゃないか。ぼくが前座を務めたんだから、あとは――、あれ、彦ちゃんどうしたんだい、そんなに難しい顔をして〉

――丘先輩、もしかして、具合が悪いんですか。

〈いや、そうじゃないよ。すべて分かった〉

――え？　分かった？　あの、先輩、何が？

〈ああ、それは、あたしの中で、本当に長い間謎だったものなんだ。いやそれにしても、柳田さんが『郷土研究』、南方さんが『珍事評論』、そして太郎ちゃんが『民俗趣味』……、か。三人三様の三つの雑誌。『珍事評論』を雑誌と呼ぶのを許してもらおう。なんだか不思議だよ、南方さんの言葉じゃないけれど、それらが舞台裏で、奇妙に絡まっているなんて。その雑誌にまつわる謎が、太郎ちゃんにもあたしにもあった。ずっと解き明かされずに。でも――。

そうなんだよ、今の太郎ちゃんの話で、あたしにとって長い間謎だったものが、氷解した〉

6

〈彦ちゃん、どうやら、大まじめの話みたいだね。それにしてもだよ、今のぼくの話で謎が解けたなんて、いやあ、正直何のことやら、皆目分からないんだが〉

〈いや、そんなに入り組んだ話じゃない。言われてみれば少しも難解な点なんてないと思う。まあそうは言っても、今の太郎ちゃんの説明を聞いて、やっとあたしも辿り着いたのだから、そんな御託《ごたく》は並べない方がいいかな。

　さあ、どう話し始めたものか……。まだ、ちょっと興奮しているもんだから。そうだな、やはり、あたしにとって一番初めの関わりから聞いてもらおう。きっと、それが最も分かりやすい〉

――あの、丘先輩、丘先輩の話には、探偵小説家が絡んでいるんですよね。えーと、まさかそれ、江戸川乱歩なんてことは？

〈うん、本田君が敬愛するその乱歩も、間接的に絡んでいてね。まあ本田君、いいかな、質問はあとで。まずは、順を追って説明させてくれ。

　あたしが南方熊楠さんに会ったのは、大正十一年。南方さんが日光を訪れた時だが、南方さんの言葉で、どうにも腑に落ちないものがあったんだ。記事にするインタビューが終わって、太郎ちゃんについての話になった折だった。南方さんは、『民俗趣味』が廃刊になってよかったというような意見を述べた後、独り言みたいに変なことを言ったんだよ。あまりに奇妙だったものだから、いまだに覚えている。南方さんは、「馬鹿馬鹿しい、後方に隠れる人物……などと、笑止な」、確かにそう口にしたんだ〉
〈彦ちゃん、南方さんは『民俗趣味』を難じた後に、「馬鹿馬鹿しい、後方に隠れる人物」なんてことを言ったんだね。まったく、そりゃあもう、腑に落ちないどころじゃないぞ。ほんとに何を指しているんだ。後方に隠れる人物……〉
〈それであたしは、この言葉の意味を探るために、廃刊になった『民俗趣味』を調査してみようと考えた。『民俗趣味』は太郎ちゃんが創刊号からあたしにも送ってくれたので、全部揃っている。ただ、ここで白状するけど、太郎ちゃんに何かを尋ねるのは、やめておこうと決めていた。それは、『民俗趣味』を編集していた太郎ちゃんの立場では、真実を表に出すよりも、出版社を守るのを優先したい場合もあるだろうと察したからだ。
すまなかった、あたしが気を回しすぎたかもしれない。でも、太郎ちゃんに、板挟みのような思いをさせちゃいけないし〉
〈いやあ、彦ちゃんが腕利きの記者だったのも当然だ。うーん、下野新聞に丘彦二郎ありと言われたものなあ〉
〈いいよ、そんなお世辞は。脱線しないように話を進めるよ。
新聞記者としての勘で、あたしは、南方さんのあの奇妙な言葉は、『民俗趣味』で有名になった黒沢英二が関係しているんじゃないかと当たりをつけた。ただ、黒沢は既に死亡している。できれば、黒沢の友人の野尻守に話を聞きたいのだが、さっき太郎ちゃんが言ったように、野尻は行方が知れなくなっていた。そこであたしは、野尻の実家へ行ってみたんだ〉

〈え、彦ちゃん、野尻の実家まで行ったのか。そうか、近いんだね、うん、同じ県内だ。彼の実家は、確か小山《おやま》だもの〉

〈うん、当時、あたしは宇都宮に家を持っていた。宇都宮駅から小山駅まで、東北本線で乗り換えなし、時間も大してかからない。実家には、野尻守の兄の家族が、年老いた母親とともに住んでいた。あたしは何度も足を運んで懇意になったものだから、一家の信用を得られたと思う。ところで、太郎ちゃん、野尻守は行方が知れなくなる前に、『民俗趣味』に自分の論文を送付したね。しかし、掲載はされなかった〉

〈そうなんだ、二つ三つ送られてきた。しかし正直なところ、特に秀でたものじゃなくてねえ。そりゃあ、黒沢英二のものだって、他の投稿作品より明らかに優れていたわけじゃないけど、とにかく彼には、あの容貌と結核で療養中という話題を集める要素があったじゃないか。いやまあ、そんなものを考慮するところが、南方さんからは叱責されるんだがね〉

〈太郎ちゃん、野尻守は、自分が送った論考に絶対の自信を持っていたようなんだ。しかし、一作も『民俗趣味』には載せてもらえなかった。それで、東京での生活に嫌気がさし、行方を告げずにというか、行先も決めずに一人旅に出たんだ。そして結局、行方不明となってしまった〉

〈なんと、行方をくらますなんて真似をしなくても。それから野尻守はどうなったのかねえ。もしかして、何か心当たりが？〉

〈彼は、東北の各県で一時的な仕事を見つけて、転々としていたんだ。行方が知れなくなってから何カ月か過ぎて、小山の実家にハガキが届いた。それで実家の方では彼の無事が分かり、それから、年に一度か二度は便りがあったということだ〉

(無事だったんだね、そりゃあ何よりだよ)

〈そんな生活をしていた野尻守だったが、大正から昭和に変わった頃、生活に大きな変化が生じた。彼は、東京に戻ってきたんだ。結婚はしていない。それで気ままに動けたわけなんだが。

東京でも仕事を探す必要はあったものの、彼には新たな収入の道が開けていた。そのためにも東京に戻ってきたんだよ。彼はね、本田君、探偵小説を書くようになっていたんだ。『新青年』に送った探偵小説の原稿が編集部で認められ、何作か掲載されていたんだから、心機一転上京してきた彼の意気たるや、相当なものだったろう。野尻守は探偵小説のペンネームを、新野一《にいのはじめ》とした〉

――エッ、あの新野一は、今の話の中の、野尻守なんですか。これは、なんだかもうあまりに意外で……。

(本田君は、新野の探偵小説を読んでいるんだね)

――読んでいますとも、何作も。『新青年』は私の最も好きな雑誌ですから。しかし、そうだったんですか、驚きました。

〈野尻守が探偵小説を書こうと決心したのは、大正十二年、『新青年』に載った江戸川乱歩の作品を読んだのがきっかけだそうだ。以前から、そういった方面の黒岩涙香《くろいわるいこう》のものを愛読していた

が、乱歩の作に衝撃を受けたらしいね〉
――ええ、そういう気持ちは、私にはよく分かります。あの、今気が付きましたが、新野一というペンネームは、新しい分野、あるいは、新しい野尻守をこれから始める――、そんな意味でしょうね。いやそれにしても、本当に驚きですよ、丘先輩の話が、こんな風に展開するなんて。
〈本田君、驚くのはまだ早すぎるよ。あたしの話の核心はこれからだ。第一、南方さんの独り言のような奇妙な言葉の謎が、全然解明されてないじゃないか。
さあそれじゃあ、その南方さんの、どうにも妙な言葉の謎について、あたしの考えを聞いてもらうことにしよう〉

＊

いつまで、こんな生活が続くのだろう。故国日本をはるかに離れた、この地獄のような極寒の地で――。

何度も何度も、もう数えきれないほど、胸の中にその問いが繰り返されたが、この問い方自体が、どうやら間違っているのだと気づき始めた。そうなのだ、いつまでこんな生活が続くのか――ではなく、いつまで死なずにいられるのか？　そう問いかけるのが相応《ふさわ》しいというものではないか。

いつまで死なずに、か……。心を静めて考えてみれば、こうやって生きているのが、なんとも不思議な気がしてくる。こんなに栄養失調の状態が長く続いて、それでも人間というものは息をしていられるのだとは、話をしても信じてもらえないだろう。おれだって、もしかしたらこれは悪夢ではないのかと感じる時が、定期的にやってくる。

おれがこうして死の世界のわずかな手前でとどまっていられるのは、親からもらった頑健な体のお陰というしかない。

栄養失調によるあまりにもあっけない死の姿を、わが身のそばで何度も目にした。横に坐った男が、食べ物とは見えない上に何からできているかも分からない小さな固まりを口に入れ、そのまま少しも動かないので声をかけてみると、口を開けて死んでいたこともある。どうしてそんな有様《ありさま》を、現実の出来事と思えるだろう。

このような状況の中に身を置いていれば、いっそ死んでしまった方がずっと楽なのではないか――、そんな気になるのも仕方ないというものだ。

いや、いかん、死を望むなんて、それではこの頑健な体を与えてくれた親に対して、申し訳がない。ここまで生き延びたんだ、生き抜く意志だけは、胸の中で燃やし続けよう。死というものは、いやでも万人に訪れる。なにも自ら望む必要なんかないじゃないか。黒沢英二などは、本人はずっと長く生きたかったのに、若くして結核のために死の世界に引き寄せられてしまった。

ただそれでも、『民俗趣味』のお陰で、黒沢にもひと時の幸せが訪れたではないか。よかったんだ、あれで。喜んでくれた黒沢の、あの楽しそうな笑顔。あの頃は面白かった、恐れるものなどなかった。

も一度、何とか生き抜いて、もう一度『新青年』に探偵小説を。

7

〈ここで本田君は、太郎ちゃんから、民俗学や民俗学者についての思い出話の聞き取りを始めたね。いや、単なる思い出話というより、呆れるくらいの奇談と呼ぶべきかな。それを二人が開始した時期から、あたしは、『民俗趣味』を丹念に読み返し始めたんだ。南方さんの奇妙な言葉の謎を解くカギは、やはり、この雑誌の中にあるような気がしてね。

勿論、大正十一年、日光で南方さんの話を聞いて、そこでの言葉があたしにとって謎となってしまった当時も、『民俗趣味』はとにかく凡て目を通してみたよ。しかし、何もつかめなかった。それでも今回、これが最後の機会かもしれないとの思いで、『民俗趣味』の創刊号から最終号まで熟読したんだ。これまで、こんなに真剣に読書した覚えはない。超人的な頭脳の南方さんなら、一回目を通しただけで見抜けるのかもしれないが、あたしのような凡人は、その五倍も十倍も読んでみるしかないと覚悟を決めてね。

やってみるものだ、まったく、時には凡人にも女神が微笑《ほほえ》んでくれるということかな。見つけたのは、五日ほど前なんだ。謎を解くカギは、太郎ちゃん、『民俗趣味』の中にあったよ〉

〈なんと――彦ちゃん、あの雑誌の内容によって、南方さんの例の言葉の謎が解明されるのかい？〉

〈そうなんだ、ただ、内容とは言っても論文の中身じゃない。うん、その黒沢英二の論文の、ただ、題にだけ目を向ければいいんだよ。『民俗趣味』に載った最初の投稿は、「『後狩詞記』について」だった。二作目は、「方言について」。三作目は、「隠れ里について」だ。次の四作目が、「人と道について」だね。この道とは、塩の道や鯖街道などを指しているけど、それは関係ない。そして、最後の五作目となる〉

〈思い出したよ。確か『民俗趣味』に掲載した最後のものは、「物乞いについて」じゃなかったかな。漂泊する物もらいとも言える下級芸人を考察した内容だった。でもねえ、これで何が分かるんだい。正直言って、独創性なんてものは、ぼくァ感じなかったねえ〉

〈うん、内容はいいんだ。五つの題の、最初の文字だけをつなげてみてくれ。いいかい、後・方・隠・人・物、こうなるじゃないか。後方に隠れる人物——、だよね。太郎ちゃん、本田君、これって、ただの偶然と思えるかい〉

〈いやいや、まったく、ぼくァどうして、こんな明白な事実に気付かなかったんだろう。いやあ、南方さんはまさに、このことに言及したのか。「馬鹿馬鹿しい、後方に隠れる人物などと、笑止な」〉

——これはまるで、探偵小説みたいですよ、投稿した題が、暗号となっているなんて。いや、探偵小説って、丘先輩、じゃあこれって、探偵小説家になった野尻守の文章じゃないんですか、題だけではなく中身の論考も。つまり、論文の真の筆者は、後方に隠れた人物、野尻守だったと考えるべきじゃないんですか。

〈そう断定していいと思うんだ。『民俗趣味』への投稿を実際に執筆したのは野尻であって、夭折した美男の黒沢英二ではなかった。

あたしのような普通の人間は、こんな裏側の事実にたどり着くのに長い年月を要してしまったが、南方さんは容易に見抜いたんだ。南方さんの頭の中には、黒沢英二の投稿の題が、鮮明に刻まれていたに違いないからね。そして太郎ちゃん、南方さんは、雑誌を編集している太郎ちゃんなら、この裏側の事情を全部承知していると思ったんじゃないか。さっき太郎ちゃんが言ったように、今考えれば明白に示されていたんだから。編集長の太郎ちゃんが話題作りでやらせているのか、と〉

(——言われてみれば、そうだよねえ。南方さんのあの手紙の文面も納得がいくよ。「甚だしきは捏造もする事は」、か。いやあ、野尻守が黒沢英二の署名で投稿するのを承知しているぼくはその企みの一員、なんて見做されたら、捏造なんて言葉が出てくるのも仕方ないなあ。

南方さんの頭脳があんまり鋭いもんだから、こんなことも起こるのか……)

〈太郎ちゃんの話で、ほら、『郷土研究』最終号の説明があったね。柳田先生が多くの仮名を使い、それがもとで、南方さんと仲違いにまで発展してしまった件。これを聞いて確信したんだ、黒沢英二名義の投稿の真相を。それは南方さんには、許しがたい事柄だった。

野尻守には確実な読みがあったんだろう、黒沢の名前にした方が大きな話題になるって。黒沢の方も、乗り気だったのかもしれない。若い二人は、それで世間の話題になって、楽しんでいたんだろう。ただ野尻は、自分の存在を密かに示しておいた。論文の題を利用してね。あるいは、題を先に考え、それから論考に入ったのかもしれないが。

　野尻にしてみれば、中身に関しても自信があったのかもしれないけど、でも、黒沢の死後、自分の名での投稿が採用されず、それで自信を喪失したんだ。それは彼にとっては大きな打撃で、結局、行方をくらまして〉

〈打ちのめされた野尻は、東北の地を転々とするうちに、幸運にも、江戸川乱歩の作を目にして、新たな道を見つけたわけか。なんだか、ぼくも似たような覚えがあるよ。柳田先生の文章で、民俗学に目覚めたんだもの。

　いや、話が脱線しそうだ、大事な点に戻そう。うん彦ちゃん、確かに、これでぼくの方の謎も解けるね。『珍事評論』と関連して、南方さんはぼくに、「『民俗趣味』の舞台裏と似通っているじゃろ」、そう言ったんだ。今なら分かる、あっちの話は、アナーバ留学を経て、一人の男が友人の名で、友人に成り代わって帰国したのだからね〉

――それにしても丘先輩、野尻守からというか、今では探偵小説家の新野一から、当時の事情をくわしく聞いてみたいものですね。

〈それは、無理というものだよ。残念ながら〉

――無理？　あの、野尻守は、生存していないということですか？

〈いや、多分、まだ生きているとは思うんだ。だけど、生きているにしても、その場所は日本じゃないんだよ。

　野尻の実家と連絡を取ってみて、それで教えてもらった。赤十字を通じて、彼の実家に手紙が届いたそうだ。彼はまだ独り身なものだから。野尻は戦争の末期に召集されて、満州《まんしゅう》に配属となった。そこで終戦となるのだが、戦場整理にやって来たソ連軍につかまり、シベリア方面に連行されたという。当然ながら、強制労働に従事という道しかない。生存しているにしても、死と隣り合わせの状況だろう〉

――そうでしたか、野尻守は、兵士として満州へ……。もうとっくに中年と言える年齢ですよね。運が悪かったなんて言い方はしたくないですが、それにしても――。

〈あたしの知り合いに、ずっと活動写真の弁士をやっていた男がいるんだけど、彼が召集令状の赤紙を受け取った時も、やはり、既に四十歳を過ぎていた。しかも、昭和二十年の二月だよ。そんな年齢の活動弁士を戦場に駆り立てること自体、狂気の沙汰じゃないか。国中が狂っていたにしても、もっとずっと早く、戦争を終わらせることは出来たんだ。そうすれば、どれほど多くの人命を救えたか〉

――思い出しました。探偵小説家の小栗虫太郎が戦地へ行ったのも、四十歳の時です。虫太郎の場合は、戦士ではなく報道班員としてなのですが。彼は、無事に帰国できました。でも、これが原因で体を悪くしたらしいんです。虫太郎が今年の二月に死亡したのは、その時の体調の悪化が遠因だという声もあるくらいで。

残念なんです、虫太郎が生きていたなら、日本の探偵小説界にどんな目覚ましい世界が展開したか。乱歩と虫太郎という両輪があったなら、本当に、どんなにか……。

〈まあ、本田君、これからは君のような若い者が、その虫太郎とかいう変な名前の探偵小説家の分まで頑張ればいいじゃないか。

野尻守も、なんとか生還して、新野一として書き始められたらいいねえ。本田君、君の方は、これまでのぼくの話を探偵小説の形で発表するんだろう。楽しみにしているよ。ま、もっとも、発表前の君のその原稿を読める日まで、ぼくの命が持つとは思えないんだがねえ)

——そんな、中山さん、駄目ですよ、そんなのは。

(いやいや、ぼくァね、こんなことを言うのはおかしいけれど、死というものが、今では別に怖くはないんだよ。それよりも、あの世で南方さんに会えると思うと、ちょっと嬉しい気もしてね。そうだねえ、きょうの出来事を南方さんに話したら、南方さん、どんな顔をすることやら。なんだか楽しくなるじゃないか)

——中山さん、そんなことを言わず、まだ、民俗学についての奇談があるのと違いますか。是非また、別の機会に話してください。お願いします、中山先生。

(先生はやめなさい。ほら、彦ちゃんが笑ってるよ。おお、そうそう、ぼくァ、こっちに来てから、やることといったらイモ作りばっかりだ。それでまあ、イモ作りに関してなら、先生と呼べるかもしれないねえ)

本田君は、もっと話を聞かせて欲しいと、太郎ちゃんに言った。あたしは、当然そうなるだろうと思っていた。そして、そうなれば、最初から最後まで自分も参加することにしよう、と。

ところが、三人で幾つもの謎をはらんだ南方熊楠にまつわる奇妙な話について議論した日から一年も経たず、太郎ちゃんは世を去った。

本田君と二人で酒を酌み交わしながら太郎ちゃんを偲《しの》び、あたしは何度涙を流しただろうか。正直に言えば、今でも酒が入り彼を思えば涙が滲む。

あるいは、その涙には悔しさや歯痒《はがゆ》さが含まれているのかもしれない。太郎ちゃんの死は、民俗学界で取り上げられることはなかった。戦後の世の中の混乱は続いていたし、彼は民俗学の主流からは外れ、忘れられた民俗学者といった状態だったからだ。太郎ちゃんには周りの思惑も気にせず、他の学徒が二の足を踏む分野にも果敢《かかん》に挑んでいく覚悟があった。それは、絶対の権威である柳田民俗学とは馴染《なじ》まなかっただろう。

それでもあたしは、中山太郎こそが一番の民俗学者だと信じている。単に幼馴染というだけで門外漢がいい加減な妄言を吐くなと非難されても、撤回する気はない。

できるものならば、なんとか太郎ちゃんの民俗学者としての真価を、この手で世に知らせたい。だが、あたしも耄碌《もうろく》した。それはどうやら手の届かぬ夢だ。

ただ一つ、微《かす》かではあるかもしれないが、その夢が叶う機会は残されているのではないか。後輩の本田君が、太郎ちゃんの話を材料として探偵小説を書き上げたいと願っている。多分あたしには、その作品を目にする時間は残ってはいないだろう。それでも、祈り続けよう、本田君の作品が、太郎ちゃんに光を当ててくれる日を。

甦れ　中山太郎

著 者 紹 介

1952年茨城県生まれ。明治学院大学卒業。2021年、若き日の江戸川乱歩が開いた古書店を舞台にした「三人書房」で、第18回ミステリーズ！新人賞を最高齢の69歳で受賞。同作を連作化した『三人書房』で本格的デビュー、話題となる。

ミステリ・フロンティア 120

中山民俗学探偵譚

2024年10月31日 初版

柳川《やながわ》 一《はじめ》

発 行 者
渋谷健太郎

発 行 所
株式会社東京創元社
〒162-0814 東京都新宿区新小川町1-5
電 話
03-3268-8231(代)
U R L
https://www.tsogen.co.jp

印 刷
モリモト印刷
製 本
加藤製本

乱丁・落丁本はご面倒ですが小社までご送付ください。送料小社負担にてお取り替えいたします。

ISBN978-4-488-02026-2 C0093

ミステリ・フロンティア　四六判仮フランス装

“ぼくら”が遭遇した五つの謎

ALL FORESHADOWINGS DON’T PAY OFF◆Kohei Mamon

ぼくらは回収しない

真門浩平

◆

数十年に一度の日食が起きた日、名門大学の学生寮で女子学生が亡くなった。密室状態の現場から自殺と考えられたが、小説家としても活躍し、才気溢れた彼女が死を選ぶだろうか？　３年間をともに過ごしながら、孤高の存在だった彼女と理解し合えないまま二度と会えなくなったことに思い至った寮生たちは、独自に事件を調べ始める——。第19回ミステリーズ！新人賞受賞作「ルナティック・レトリーバー」を含む５編を収録。

四六判仮フランス装

怪談作家・呻木叫子の事件簿

THE WEIRD TALE OF THE MUTILATION MURDER HOUSE◆Kiyoaki Oshima

バラバラ屋敷の怪談

大島清昭

◆

栃木の田舎町で八人の女性が殺害され解体・遺棄された事件があった。十五年後、現場の「バラバラ屋敷」へ肝試しに訪れた五人の中学生は、卓袱台《ちゃぶだい》に同級生の生首が置かれているのを発見し……密室化した幽霊屋敷を巡る謎を描く表題作ほか、異界駅に迷い込んだ大学生たちが密室からの殺人犯消失に遭遇する「にしうり駅の怪談」等、怪談作家・呻木叫子《うめききょうこ》が採集した四つの怪奇犯罪譚。

四六判並製

光を、絶やさないでください

THE BRIGHT ROOM◆Kazuki Kamijo

深淵のテレパス

上條一輝

◆

「変な怪談を聞きに行きませんか？」会社の部下に誘われたオカルト研究会のイベントでとある怪談を聞いた日を境に、高山カレンの日常は怪現象に蝕まれることとなる。暗闇から響く湿り気のある異音、ドブ川のような異臭、足跡の形をした汚水――あの時聞いた“変な怪談”をなぞるかのような現象に追い詰められたカレンは、藁にもすがる思いで「あしや超常現象調査」の二人に助けを求めるが……選考委員絶賛、創元ホラー長編賞受賞作。